阅读之前 没有真相

午夜文库

阿加莎·克里斯蒂
马普尔小姐系列

阿加莎·克里斯蒂
Agatha Christie (1890—1976)

无可争议的侦探小说女王，侦探文学史上最伟大的作家之一。

阿加莎·克里斯蒂原名为阿加莎·玛丽·克拉丽莎·米勒，一八九〇年九月十五日生于英国德文郡托基的阿什菲尔德宅邸。她几乎没有接受过正规的教育，但酷爱阅读，尤其痴迷于歇洛克·福尔摩斯的故事。

第一次世界大战期间，阿加莎·克里斯蒂成了一名志愿者。战争结束后，她创作了自己的第一部侦探小说《斯泰尔斯庄园奇案》。几经周折，作品于一九二〇年正式出版，由此开启了克里斯蒂辉煌的创作生涯。一九二六年，《罗杰疑案》由哈珀柯林斯出版公司出版。这部作品一举奠定了阿加莎·克里斯蒂在侦探文学领域不可撼动的地位。之后，她又陆续出版了《东方快车谋杀案》《ABC谋杀案》《尼罗河上的惨案》《无人生还》《阳光下的罪恶》等脍炙人口的作品。时至今日，这些作品依然是世界侦探文学宝库里最宝贵的财富。根据她的小说改编而成的舞台剧《捕鼠器》，已经成为世界上公演场次最多的剧目；而在影视改编方面，《东方快车谋杀案》为英格丽·褒曼斩获奥斯卡大奖，《尼罗河上的惨案》更是成为几代人心目中的经典。

阿加莎·克里斯蒂的创作生涯持续了五十余年，总共创作了八十余部侦探小说。她的作品畅销全世界一百多个国家和地区，累计销量已经突破二十亿册。她创造的小胡子侦探波洛和老处女侦探马普尔小姐为读者津津乐道。阿加莎·克里斯蒂是柯南·道尔之后最伟大的侦探小说作家，是侦探文学黄金时代的开创者和集大成者。一九七一年，英国女王授予克里斯蒂爵士称号，以表彰其不朽的贡献。

一九七六年一月十二日，阿加莎·克里斯蒂逝世于英国牛津郡沃灵福德家中，被安葬于牛津郡的圣玛丽教堂墓园，享年八十五岁。

阿加莎·克里斯蒂 侦探作品年表

波洛系列

- 1920　The Mysterious Affair at Styles《斯泰尔斯庄园奇案》
- 1923　Murder on the Links《高尔夫球场命案》
- 1924　Poirot Investigates《首相绑架案》
- 1926　The Murder of Roger Ackroyd《罗杰疑案》
- 1927　The Big Four《四魔头》
- 1928　The Mystery of the Blue Train《蓝色列车之谜》
- 1932　Peril at End House《悬崖山庄奇案》
- 1933　Lord Edgware Dies《人性记录》
- 1934　Murder on the Orient Express《东方快车谋杀案》
- 1935　Three-Act Tragedy《三幕悲剧》
- 1935　Death in the Clouds《云中命案》
- 1936　The ABC Murders《ABC谋杀案》
- 1936　Murder in Mesopotamia《古墓之谜》
- 1936　Cards on the Table《底牌》
- 1937　Dumb Witness《沉默的证人》
- 1937　Death on the Nile《尼罗河上的惨案》
- 1937　Murder in the Mews《幽巷谋杀案》
- 1938　Appointment with Death《死亡约会》
- 1938　Hercule Poirot's Christmas《波洛圣诞探案记》
- 1940　Sad Cypress《H庄园的午餐》
- 1940　One, Two, Buckle My Shoe《牙医谋杀案》
- 1941　Evil Under the Sun《阳光下的罪恶》
- 1943　Five Little Pigs《五只小猪》
- 1946　The Hollow《空幻之屋》
- 1947　The Labours of Hercules《赫尔克里·波洛的丰功伟绩》
- 1948　Taken at the Flood《顺水推舟》
- 1952　Mrs. McGinty's Dead《清洁女工之死》
- 1953　After the Funeral《葬礼之后》
- 1955　Hickory Dickory Dock《山核桃大街谋杀案》
- 1956　Dead Man's Folly《弄假成真》
- 1959　Cat Among the Pigeons《鸽群中的猫》
- 1960　The Adventure of the Christmas Pudding《雪地上的女尸》

阿加莎·克里斯蒂 侦探作品年表

1963　The Clocks《怪钟疑案》
1966　Third Girl《第三个女郎》
1969　Hallowe'en Party《万圣节前夜的谋杀》
1972　Elephants Can Remember《大象的证词》
1974　Poirot's Early Stories《蒙面女人》
1975　Curtain—Poirot's Last Case《帷幕》

马普尔小姐系列

1930　The Murder at the Vicarage《寓所谜案》
1932　The Thirteen Problems《死亡草》
1942　The Body in the Library《藏书室女尸之谜》
1943　The Moving Finger《魔手》
1950　A Murder Is Announced《谋杀启事》
1952　They Do It with Mirrors《借镜杀人》
1953　A Pocket Full of Rye《黑麦奇案》
1957　4.50 from Paddington《命案目睹记》
1962　The Mirror Crack'd from Side to side《破镜谋杀案》
1964　A Caribbean Mystery《加勒比海之谜》
1965　At Bertram's Hotel《伯特伦旅馆》
1971　Nemesis《复仇女神》
1976　Sleeping Murder《沉睡谋杀案》
1979　Miss Marple's Final Cases《马普尔小姐最后的案件》

其他系列及非系列

1922　The Secret Adversary《暗藏杀机》
1924　The Man in the Brown Suit《褐衣男子》
1925　The Secret of Chimneys《烟囱别墅之谜》
1929　Partners in Crime《犯罪团伙》
1929　The Seven Dials Mystery《七面钟之谜》
1930　The Mysterious Mr. Quin《神秘的奎因先生》
1931　The Sittaford Mystery《斯塔福特疑案》
1933　The Witness for the Prosecution and Other Stories《控方证人》
1934　Why Didn't They Ask Evans?《悬崖上的谋杀》

阿加莎·克里斯蒂 侦探作品年表		
	1934	The Listerdale Mystery《金色的机遇》
	1934	Parker Pyne Investigates《惊险的浪漫》
	1939	Murder Is Easy《逆我者亡》
	1939	And Then There Were None《无人生还》
	1941	N or M?《桑苏西来客》
	1944	Towards Zero《零点》
	1945	Sparkling Cyanide《闪光的氰化物》
	1945	Death Comes as the End《死亡终局》
	1949	Crooked House《怪屋》
	1950	Three Blind Mice and Other Stories《三只瞎老鼠》
	1951	They Came to Baghdad《他们来到巴格达》
	1954	Destination Unknown《地狱之旅》
	1958	Ordeal by Innocence《奉命谋杀》
	1961	The Pale Horse《灰马酒店》
	1967	Endless Night《长夜》
	1968	By the Pricking of My Thumbs《煦阳岭的疑云》
	1970	Passenger to Frankfurt《天涯过客》
	1973	Postern of Fate《命运之门》
	1991	Problem at Pollensa Bay《神秘的第三者》
	1997	While the Light Lasts《灯火阑珊》

出版前言

纵观世界侦探文学一百七十余年的历史，如果说有谁已经超脱了这一类型文学的类型化束缚，恐怕我们只能想起两个名字——一个是虚构的人物歇洛克·福尔摩斯，而另一个便是真实的作家阿加莎·克里斯蒂。

阿加莎·克里斯蒂以她个人独特的魅力创造着侦探文学史上无数的传奇：她的创作生涯长达五十余年，一生撰写了八十余部侦探小说；她开创了侦探小说史上最著名的"黄金时代"；她让阅读从贵族走入家庭，渗透到每个人的生活中；她的作品被翻译成一百多种文字，畅销全球一百五十余个国家，作品销量与《圣经》《莎士比亚戏剧集》同列世界畅销书前三名；她的《罗杰疑案》《无人生还》《东方快车谋杀案》《尼罗河上的惨案》都是侦探小说史上的经典；她是侦探小说女王，因在侦探小说领域的独特贡献而被册封为爵士；她是侦探小说的符号和象征。她本身就是传奇。沏一杯红茶，配一张躺椅，在暖暖的阳光下读阿加莎的小说是一种生活方式，是惬意的享受，也是一种态度。

午夜文库成立之初就试图引进阿加莎的作品，但几次都与版权擦肩而过。随着午夜文库的专业化和影响力日益增强，阿加莎·克里斯蒂的版权继承人和哈珀柯林斯出版公司主动要求将版权独家授予新星出版社,并将阿加莎系列侦探小说并入午夜文库。这是对我们长期以来执着于侦探小说出版的褒奖,是对我们的信任与鼓励,更是一种压力和责任。

新版阿加莎·克里斯蒂作品由专业的侦探小说翻译家以最权威的英文版本为底本,全新翻译,并加入双语作品年表和阿加莎·克里斯蒂家族独家授权的照片、手稿等资料,力求全景展现"侦探女王"的风采与魅力。使读者不仅欣赏到作家的巧妙构思、离奇桥段和睿智语言,而且能体味到浓郁的英伦风情。

阿加莎作品的出版是一项系统工程,规模庞大,我们将努力使之臻于完美。或存在疏漏之处,欢迎方家指正。

新星出版社
午夜文库编辑部

Agatha Christie

Over the next few years, we plan to celebrate two very important Agatha Christie anniversaries. In 2015, it is the 125th anniversary of her birth in Torquay, South Devon, England, and in 2020 it will be 100 years after her first book, THE MYSTERIOUS AFFAIR AT STYLES, featuring her famous detective, Hercule Poirot, was published. This is therefore a very appropriate moment to publish a new edition of her works, and I am delighted that HarperCollins has chosen to work with New Star on these new editions. New Star is China's top crime publisher, and has a strong and dedicated editorial staff and a continued passion for Agatha Christie, making them the ideal partner. It is the right time to make these classic books available in modern translations and so to bring Agatha Christie's books anew to her many fans in China, giving them a new reason to re-read these much-loved stories, as well as introducing them to a whole new audience. How delighted Agatha Christie would have been that her stories (as she called them) are still giving so much pleasure to so many people all over the world!

I think there are two very remarkable things about Agatha Christie's stories. The first is that they are so adaptable. It doesn't really matter which language they appear in, the stories and the plots still give the same thrill, still provide the same puzzles, and the characters still have the same attraction. Readers in China will I am sure enjoy Hercule Poirot and Miss Marple just as much as we do in England, and readers in China will still be transfixed by the surprises and horrors of AND THEN THERE WERE NONE, one of the great classics of 20th century detective fiction, as we are here.

Agatha Christie

The second is that the stories give a wonderful picture of England, particularly rural England, at the time Agatha Christie lived. She wrote books from 1920 until 1970 but it is sometimes hard to tell which part of her life each book was written in. Her characters and the life they lived were very much the same. The life we all live is changing very quickly these days but "the Agatha Christie world stays the same." Perhaps the Miss Marple stories provide the best example of this, and in some ways THE BODY IN THE LIBRARY and NEMESIS are quite similar, despite the fact that thirty years elapsed between the time they were written.

Perhaps I might end by mentioning three Agatha Christies (other than the ones mentioned above) which I think demonstrate why she is so popular, even in the twenty-first century. The first is MURDER ON THE ORIENT EXPRESS, one of the most famous with one of the most ingenious and human plots. Read this on one of your long train journeys in China! Next is A MURDER IS ANNOUNCED, a Miss Marple which was her 50th book. It has my favourite murderer in it! And last is ENDLESS NIGHT a story about evil and how it affects three young people, written at the time when I knew her best, and understood how deeply she cared and sympathised with young people and the world they lived in.

Whichever are your favourites I hope you enjoy these stories that New Star are introducing to you again. I think it is a great publishing event.

Mathew Prichard
Grandson of Agatha Christie
Chairman of Agatha Christie Ltd

致中国读者

(午夜文库版阿加莎·克里斯蒂作品集序)

在未来的几年中,我们将要筹备两个非常重要的关于阿加莎·克里斯蒂的纪念日。二〇一五年是她的一百二十五岁生日——她于一八九〇年出生于英国的托基市,二〇二〇年则是她的处女作《斯泰尔斯庄园奇案》问世一百周年的日子,她笔下最著名的侦探赫尔克里·波洛就是在这本书中首次登场。因此,新星出版社为中国读者们推出全新版本的克里斯蒂作品正是恰逢其时,而且我很高兴哈珀柯林斯选择了新星来出版这一全新版本。新星出版社是中国最好的侦探小说出版机构,拥有强大而且专业的编辑团队,并且对阿加莎·克里斯蒂的作品极有热情,这使得他们成为我们最理想的合作伙伴。如今正是一个良机,可以将这些经典作品重新翻译为更现代、更权威的版本,带给她的中国书迷,让大家有理由重温这些备受喜爱的故事,同时也可以将它们介绍给新的读者。如果阿加莎·克里斯蒂知道她的小故事们(她这样称呼自己的这些作品)仍然能给世界上这么多人带来如此巨大的阅读享受,该有多么高兴啊!

我认为阿加莎·克里斯蒂的作品有两个非常重要的特征。首先它们是非常易于理解的。无论以哪种语言呈现,故事和情节都同样惊险刺激,呈现给读者的谜团都同样精彩,而书中人物的魅力也丝毫不受影响。我完全可以肯定,中国的读者能够像我们英国人一样充分享受赫尔克里·波洛和马普尔小姐带来的乐趣;中国读者也会和我们一样，读到二十世纪最伟大的侦探经典作品——比如《无人生还》——的时候，被震惊和恐惧牢牢钉在原地。

第二个特征是这些故事给我们展开了一幅英格兰的精彩画卷，特别是阿加莎·克里斯蒂那个年代的英国乡村。她的作品写于二十世纪二十年代至七十年代间，不过有时候很难说清楚每一本书是在她人生中的哪一段日子里写下的。她笔下的人物，以及他们的生活，多多少少都有些相似。如今，我们的生活瞬息万变，但"阿加莎·克里斯蒂的世界"依旧永恒。也许马普尔小姐的故事提供了最好的范例：《藏书室女尸之谜》与《复仇女神》看起来颇为相似，但实际上它们的创作年代竟然相差了三十年。

最后，我想提三本书，在我心目中（除了上面提过的几本之外）这几本最能说明克里斯蒂为什么能够一直受到大家的喜爱。首先是《东方快车谋杀案》，最著名，也是最机智巧妙、最有人性的一本。当你在中国乘火车长途旅行时，不妨拿出来读读吧！第二本是《谋杀启事》，一个马普尔小姐系列的故事，也是克里斯蒂的第五十本著作。这本书里的诡计是我个人最喜欢的。最后是《长夜》，一个关于邪恶如何影响三个年轻人生活的故事。这本书的写作时间正是我最了解她的时候。我能体会到她对年轻人以及他们生活的世界关心至深。

现在新星出版社重新将这些故事奉献给了读者。无论你最爱的是哪一本，我都希望你能感受到这份快乐。我相信这是出版界的一件盛事。

阿加莎·克里斯蒂外孙

阿加莎·克里斯蒂有限责任公司董事长

马修·普理查德

二〇一三年二月二十日

阿加莎·克里斯蒂侦探作品集㉙

命案目睹记
4.50 from Paddington

[英] 阿加莎·克里斯蒂 著
戴竟 译

新 星 出 版 社　NEW STAR PRESS

第一章

月台上,麦吉利卡迪夫人气喘吁吁地走在帮她拎手提箱的行李员后面。她个子不高,身形富态。高大的行李员步伐轻快,麦吉利卡迪夫人不仅身高处于劣势,手上还拎了许多袋子,都是圣诞节购物的成果。两人一前一后走着,就像在进行一场竞走比赛,而且差距极为悬殊。行李员已经在站台的一侧准备转弯了,她还在朝月台那头走。

这个时刻,一号月台通常并不拥挤,因为一列火车刚刚开走。不远处的空地上,一大群人从四面八方涌来。他们在月台上来来往往,奔走于站内不同的地点:行李寄存处,休息室,问询处,列车指示牌,进站口与出站口。

麦吉利卡迪夫人拎着袋子,在摩肩接踵的人流中缓缓地向前挪动。终于到了三号月台的入口处,她把一个袋子放在地上,打开手提包,翻找火车票,认真的检票员是绝不会让没票的人进月台的。

这时,车站上方的广播喇叭响了起来,声音沙哑,语言精练。

"三号月台停靠的是下午四点五十分发出的列车,去往布拉克汉普顿,米尔彻斯特,威化顿,卡维尔联轨站,洛克希特和查德茅斯各等站。去往布拉克汉普顿与米尔彻斯特的旅客,座位在列车后部车厢，前往凡奎因的旅客请在洛克希特换车。"随着"嘀"的一声，播报停止了。随后广播又重新响了起来，"第九月台即将到站的是四点三十五分从伯明翰开往伍尔弗汉普顿的列车。"

麦吉利卡迪夫人找到了车票，递给月台检票员。剪完票后，检票员低声说："往右走，靠后的车厢。"

麦吉利卡迪夫人在月台上一边慢慢走，一边找她的行李员。那位行李员正在一节三等车厢外等着，盯着一块空地发呆，无事可做。

"行李在这儿，女士。"

"我坐的是头等车厢。"

"你又没说。"行李员在一旁边嘀咕着，边用鄙夷的眼光打量着麦吉利卡迪夫人身上那件黑白相间的粗花呢子外套，有点像男式外套。

其实，麦吉利卡迪夫人之前说过，但她并没有争论。她喘着粗气，看起来愁容满面。

行李员又拎起手提箱，提到了麦吉利卡迪夫人乘坐的那节车厢旁，车厢内部确实宽敞气派，但很空。乘坐四点五十分这班列车的人并不多，因为头等座的旅客往往喜欢速度更快的早班车和晚上六点四十分出发并提供晚餐的晚班车。麦吉利卡迪夫人把小费付给了行李员，行李员看起来有些失望，小费少得可怜，没比三等座旅客付得多多少。麦吉利卡迪夫人从英国北部来，经历了一夜的旅途奔波和一天的疯狂购物后，准备多花些钱，让自己的旅途更舒适些，但她不愿意在小费上多花一分钱。

麦吉利卡迪夫人靠在长绒座椅上，舒了口气，翻看起杂志。过了五分钟，汽笛响了，火车缓缓开动。杂志从麦吉利卡迪夫人

2

手中滑落，她的头也向过道那侧偏了过去。她不到三分钟便睡着了。过了三十五分钟，她睡醒了，人看起来也精神了许多，她整理了下睡觉时滑落的帽子，挺直身板，朝窗外看去，只能看到乡村疾驰而过。此时天色已暗，外面雾气蒙蒙，十分压抑。现在是十二月——离圣诞节只有五天了。伦敦现在已是黑乎乎的一片，让人透不过气。虽然偶尔经过城镇和车站时闪现的灯光能让人心情有所好转，但此时乡村给人的感觉并没好到哪儿去。

乘务员轻轻推开车厢门，说道："最后一次提供茶水服务了。"麦吉利卡迪夫人已经在一家大型百货公司喝过茶了，完全不觉得渴。乘务员向下一节车厢走去，又重复起那句话。麦吉利卡迪夫人看着行李架，露出满意的神情：价格不菲的面巾，正是玛格丽特需要的；罗比的太空枪，吉恩的兔子娃娃，挺合她心意的；还有那件给自己买的晚宴短上衣，既保暖又好看；还有那件给赫克托买的毛衣。她不断想象着人们称赞她会买东西的场景。

她心满意足地把目光又转向窗户。一列反向行驶的列车疾驰而过，窗户一阵抖动，她也被吓了一跳。随着"咔嗒"的声响，火车并轨成功，驶过一个车站。

突然，火车开始减速，也许是受信号灯的指示，火车以很慢的速度滑行了数分钟后，停了下来，不一会儿又向前开动起来。此时又一列反方向列车驶过，感觉速度比第一列缓和了许多。麦吉利卡迪夫人乘坐的火车加速前进，而这时一列和他们同方向的列车突然并了过来，两列火车差点要擦上了，一时，两列火车齐头并行。麦吉利卡迪夫人透过窗户看到了对面列车的情况。车厢内的百叶窗大都放下来了，偶尔能看见一两名乘客。这辆列车的乘客并不多，有不少空车厢。

两辆列车并行让人产生一种静止的错觉。对面一节车厢的百叶窗突然被吹了起来,里面亮着灯,麦吉利卡迪夫人仔细打量着对面相隔仅几英尺的头等车厢。

她急促地吸了口气,几乎被吓得站了起来。

对面的车厢里,一个男人背靠窗户站着,两手掐着一个女人的脖子,使劲而残忍地,想掐死这个女人。女人的眼睛都快鼓出来了,整个脸部因血液无法流通呈现黑紫色。麦吉利卡迪夫人还没缓过神来的时候,一切结束了,女人的身体就像一团烂泥一样,再也没挣扎半分。

此时,麦吉利卡迪夫人所乘的列车减慢了速度,而另一辆开始提速,继续向前开去,不一会儿便消失在视线之外。

麦吉利卡迪夫人的手不自觉地伸向了报警索,却又停住了,有些举棋不定。在她乘坐的火车上报警有什么作用呢?近距离目睹杀人事件带来的恐惧以及这种从没碰到过的情况,让她觉得身体不听使唤了。必须立刻做点什么——但做些什么呢?

这时,隔间的门拉开了,一位检票员说:"请出示下你的火车票。"

麦吉利卡迪夫人猛地转过头来。

她说道:"一个女人被掐死了,就在刚刚经过的那列火车上,我看到了。"

检票员看着她,面露疑色。

"夫人,你刚才说什么?"

"一个男人把一个女人掐死了!在一列火车上,透过窗子——我看到了。"随即她把手指向窗户。

检票员越发怀疑了。

"被掐死了?"检票员不太相信地问道。

"对,被掐死了!我看见了,我确实亲眼看见了。你得赶紧做些什么！"

检票员歉意地咳嗽了一声。

"夫人，你是不是打了一个盹，然后……"他的停顿恰到好处。

"我确实打了个盹，但是如果你认为我说的都是梦境，那你就大错特错了。再给你说一遍，我亲眼看见的。"

检票员的眼神又瞥到了座位上那本没合上的杂志——一个女孩被勒住，而一个男人拿着左轮手枪威胁着车厢口的夫妇。

检票员用一种肯定的语气问道："夫人，你不觉得是因为你在杂志上看了一个精彩的故事，就是掉在座位上的那本，而醒过来之后没有缓过神来——"

麦吉利卡迪夫人还没等他说完，就打断了他。

"我看到了，"她说，"当时我很清醒，跟你现在一样。我透过窗子看到了对面那列火车上，一个男人正掐着一个女人的脖子。现在我只想问一句，你会怎么处理？"

"这个——夫人——"

"你不会置之不理吧？"

检票员叹了口气，有些不情愿地看了看手表。

"列车将在七分钟后到达布拉克汉普顿。我会将你说的情况汇报上去。你提到的火车是往哪个方向去的？"

"当然是跟我们同一个方向。难道你觉得当一辆火车往相反的方向飞驰而过时，我看不出来？"

检票员的表情好像是认为麦吉利卡迪夫人已经沉浸在了想象的世界中，她想看到什么就能看到什么。但他仍然很礼貌地说道：

"请相信我，夫人，我会如实汇报你说的，请你告诉我你的名字和地址——以备……"麦吉利卡迪夫人把自己最近几天待的地方和在苏格兰的家的地址给了他，他一一记下后，便走了出去，仿佛已经尽了他的责任，成功地应付了一位多事的旅客。

麦吉利卡迪夫人仍然眉头紧锁，有点不太满意这个结果。检票员是否会如实上报？还是仅仅敷衍她而已？她模模糊糊地记得，有许多老太太四处旅行，坚称自己发现了某些阴谋，有被杀害的危险，还声称见过飞碟和神秘的太空飞船，她们反映的杀人案其实根本没有发生过。如果检票员把她当作这种老太太，敷衍了事的话……

火车的速度慢了下来，经过道岔后，驶入了一个灯火辉煌的大城镇。

麦吉利卡迪夫人打开——手提包，只找到一样能写字的东西——一张收据，用圆珠笔在背面快速记下了一些东西，她又找到一个信封，然后把那张收据塞进信封，折下封口，在信封上写下几个字。

火车缓慢驶入了人流拥挤的月台。广播里响起了同样沙哑的声音：

"到达一号月台的列车，是五点三十八分开往米尔彻斯特、威化顿、洛克希特以及查德茅斯各站的列车，到贝辛市场的旅客请在三号月台上车，一号侧线月台专供往卡伯瑞的列车停车之用。"

麦吉利卡迪夫人焦急地扫视着月台，乘客很多，却没几个行李员。啊，这儿有一个，她大声喊住了那个行李员。

"行李员！麻烦把这个送到站长室。"

她把信封递给行李员，给了他一先令。

她舒了一口气，靠在座椅上。她已经做了她该做的。她突然觉得不需要给行李员一先令,有点后悔……六便士就够了……

她又回想起看到的场景,恐怖,相当恐怖……麦吉利卡迪夫人是一个胆子很大的女人,但是她也感到不寒而栗。这事很奇怪,也是她不曾听闻的!如果百叶窗没恰好被吹起来……可这是天意。

上天让她——伊丽莎白·麦吉利卡迪——成为这起命案的证人,她紧咬双唇。

广播停了,汽笛再次响起,门关上后,五点三十八分,列车慢慢地驶出布拉克汉普顿车站,一小时零五分后停在米尔彻斯特。麦吉利卡迪夫人拎着她的大包小包和手提箱走下火车,站在月台上四处张望。就像她预想得一样:行李员很少,这儿的行李员都在搬运邮包和运送行李车,旅客只能自己提箱子。但麦吉利卡迪夫人不能既拿着手提箱,又拿着伞,还拎着她的大包小包,她只能等了。没过多久,她便找到了一个行李员。

"坐出租车吗?"

"站外应该有车接我。"

米尔彻斯特火车站外,一位一直盯着出站口的出租车司机把车开了过来,操着当地方言礼貌地问道。

"是麦吉利卡迪夫人吗?到圣玛丽米德去?"

麦吉利卡迪夫人回答她就是,然后把钱付给了行李员,虽说不多,但也不少。她拎着行李和大包小包坐进了汽车,汽车在夜色中向目的地开去。火车站距离圣玛丽米德有九英里,一路上,麦吉利卡迪夫人坐得直直的,完全没办法放松下来,她需要找个人倾诉她的感受。终于,汽车驶入一条熟悉的乡村小道,在目的地停了下来。麦吉利卡迪夫人下了车,沿着铺着砖块的小路向门口走去。出租车司机正在卸行李时,一位上了年纪的女人开

7

了门。麦吉利卡迪夫人穿过大厅,径直走向宽大的客厅,女主人——一位身体虚弱的老妇人——正等着她的到来。

"伊丽莎白!"

"简!"

她们互吻脸颊后,麦吉利卡迪夫人便直接进入主题。

"简,我目睹了一起杀人案。"麦吉利卡迪夫人哭诉道。

第二章

1

正如母亲和祖母教给她的规矩一样：一个真正的淑女从不会表现得大惊小怪——马普尔小姐听后只是挑了挑眉毛，摇摇头，说道：

"实在是苦了你了，伊丽莎白，这事肯定非同一般。最好赶紧跟我说说。"

麦吉利卡迪夫人正有此意。马普尔小姐请她坐到了壁炉旁，她脱下手套后，立刻绘声绘色地讲了起来。

马普尔小姐听得很认真。麦吉利卡迪夫人讲完停下来喘气时，马普尔小姐果断地说：

"亲爱的，我觉得你现在最好上楼取下帽子，洗个澡。然后下楼来和我共进晚餐，待会儿吃饭时就先别说这个了，晚餐后我们再细聊这事。"

麦吉利卡迪夫人按照马普尔小姐说的做了，她们共进晚餐，聊到了圣玛丽米德生活的方方面面。马普尔小姐谈到了公众对新来的风琴手的揣测，认为他与药剂师的妻子有染，还谈及了女教师和村里一所学校的不和，之后，她们又聊到自己的花园。

"牡丹，"马普尔小姐站起来说，"是最让人捉摸不透的植物了，有些能养活，有些却养不活。只要牡丹能适应你家的环境，那你一生都能见到牡丹了。毋庸置疑，牡丹是最漂亮的花。"

用餐完毕后，她们又坐到了火炉边，马普尔小姐从角落的碗碟橱里拿出两个老旧的沃特福德杯子，又从另一个碗橱里取出一个瓶子。

"伊丽莎白，今晚就不给你煮咖啡了，"马普尔小姐说道，"毫无疑问，你的神经已经过度紧绷了，晚上可能都睡不着。这样，先喝一杯我自调的樱草酒，然后可以再喝点甘菊茶。"

麦吉利卡迪夫人默许了她的安排，马普尔小姐开始给她倒酒。

麦吉利卡迪夫人小酌一口后问道："简，难道你不认为我说的都是梦境或是凭空捏造出来的吗？"

"当然不会。"马普尔小姐的回应给人一种暖意。

麦吉利卡迪夫人如释重负地松了一口气。

"那个检票员，"她说，"他是这么认为的，虽然很有礼貌，但他——"

"伊丽莎白，我觉得在那种情况下，他的反应很正常。这……确实……不像一件真实发生的事，而且他根本不认识你。但对于你说的，我绝对相信，这件事听来确实匪夷所思——但也不是不可能。我想起来有一次我坐的火车和另外一列火车在轨道上并排前行，我可以看到其中一两个车厢里发生的事，而且看得很清楚，这让我觉得很有意思。我记得，有一个小女孩正在玩泰迪熊，突然，她使坏把泰迪熊扔向一个睡在车厢角落的胖男人，胖男人一下子站了起来，满腔怒火，其他的乘客却觉得十分好笑。车厢里每个人的一举一动，我都能看清楚。即便是下车后，我也能说出他们的外貌特征和做过的事。"

麦吉利卡迪夫人十分认同地点点头，说：

"正是如此。"

"你说那个男人是背对着你的。那你没见着他长什么样？"

"没有。"

"那个女人，你能描述一下吗？年纪小还是大？"

"还算年轻，我觉得大概在三十岁到三十五岁之间，往细里说就说不出来了。"

"长得不错？"

"这个我也答不上来，你也知道她被掐的时候脸都有点扭曲了，而且——"

马普尔小姐很快地接了上来：

"嗯，嗯，我能理解。那她的穿着呢？"

"她穿的好像是一件皮毛大衣，毛是灰白色的，没戴帽子，一头金发。"

"你不记得这个男人的任何明显特征吗？"

麦吉利卡迪夫人仔细地思考了一会儿，答道：

"比较高——头发，应该是深色的，他穿了件非常厚的大衣，无法判断他的体型，"她有些泄气地说，"在我的印象中，就记得这些。"

"你已经说了一些了。"马普尔小姐说。她思考了片刻，说道："你确认这个女孩已经——死了？"

"已经死了，这我很肯定，她的舌头都吐到了嘴外边——我不想说了……"

"不说了，不说了，"马普尔小姐安慰道，"我想明早我们会知道更多信息了。"

"明早？"

"我在想这事应该会登在明天的早报上。这个男人在袭击并杀害这个女人后，尸体一定在这个男人手上，他会做什么？可能在最近的一个车站赶紧下车，对了，你还有没有印象，那是不是一节带走廊的车厢？"

"不带走廊。"

"这种火车的运行距离一般不会很长，基本上都会在布拉克汉普顿停。我们假定他在布拉克汉普顿下车，尸体可能被放在了车厢的一角，脸用毛领遮住，让人们不容易发现，对——我想他应该就是这么做的，但尸体应该要不了多久就会被发现，所以我说明早一定会有一则新闻，在火车上发现一具女尸——明早就知道了。"

2

但第二天的早报上并没有这则新闻。

马普尔小姐和麦吉利卡迪夫人在知道这个情况后，一言不发地吃完了早餐。两个人都陷入了沉思。

早餐后，她们在花园里逛了一圈。往常两人都会心无旁骛，而这次都有点心不在焉。马普尔小姐确实向麦吉利卡迪夫人介绍了花园里新买的一些花卉，但有些神游物外，麦吉利卡迪夫人也没有像往常一样介绍自己采购的花卉。

"这座花园原本应该更漂亮，"马普尔小姐说，仍然有些漫不经心，"但海多克医生不允许我弯腰和跪着，说真的，不能弯腰又不能跪着，还能做些什么？是还有老迈的爱德华兹帮忙——但他不怎么听我的，这项工作也惯坏了他们，经常喝茶，没事瞎晃荡——实事却一点没做。"

"嗯，我明白，"麦吉利卡迪夫人答道，"医生也不准我做任何弯腰的动作，但说实在的，尤其是在吃过饭后——体重发生了变化，"她低头看了看自己发福的身材，"弯腰时还有烧心的感觉。"

两人沉默了一会儿。麦吉利卡迪夫人坚实地迈出了一步，然后站住，转过身来。

"那么？"

这本来是一个平淡无奇的词，但麦吉利卡迪夫人的音调让这个词的意味发生一百八十度的大转变，而马普尔小姐也心领神会地答道：

"懂了。"她说。

两个女人看着对方。

"我觉得，"马普尔小姐说道，"我们应该去警察局跟科尼什警司谈谈。他聪明、有耐心，而且我跟他还算熟，他会接待我们的——然后把这个情况报告给相关部门。"

一刻钟后，马普尔小姐和麦吉利卡迪夫人便跟一位三四十岁的男人交谈了起来。他看起来比实际年龄年轻，有些严肃，正在认真地听她们说着。

弗兰克·科尼什接待了马普尔小姐，十分热情，甚至可以说是有些恭敬。他请两位女士坐下后，问道："马普尔小姐，可以为你做些什么？"

马普尔小姐回答说："想请你听我朋友说件事。"

麦吉利卡迪夫人便把事情又说了一遍。说完后，科尼什仍然一言不发，他思考了一会儿。

然后他说道：

"这种事情很少见。"虽然不明显，但在麦吉利卡迪夫人说话时，他确实打量了她一番。

他感觉惊讶，一个感性的女人能条理清晰地把一件事说清楚。根据他现在的判断，麦吉利卡迪夫人没有过度想象，也不是个情绪容易激动的人。而且，马普尔小姐对于她朋友说的话没有丝毫怀疑，他对于马普尔小姐是十分了解的，圣玛丽米德的每一个人也都了解她：优柔寡断的外表下有颗睿智的心。

科尼什清了清嗓子说：

"也许，"他说，"你是被误解了——我没有说一定是——但确实存在这种可能性。但最近有许多恶作剧——都是闹着玩的，也不会伤人。"

"我知道我看见了什么。"麦吉利卡迪夫人的回答很严肃。

"你不会改变这个想法的，"科尼什想着，"我最好告诉你，可能你是误解了，也可能是什么都没看到。"

科尼什声音洪亮地说："你已经将事情报告给了铁路部门的相关人员，现在也来警察局向我反映情况，能做的你都做了，接下来就让我来调查吧。"

马普尔小姐听后优雅地点点头，很满意。尽管麦吉利卡迪夫人不太满意，但她一句话也没说。科尼什跟马普尔小姐交谈起来，并不是因为想寻找破案的思路，而是想听听她会怎么说。

科尼什说："假定实际情况如你朋友所说，你觉得凶手会如何处理尸体呢？"

马普尔小姐毫不犹豫地答道："目前看只有两种可能性，最大的可能性是尸体留在了列车上，但现在这种可能性已经不存在了，因为这种情况下，尸体昨晚就应该被其他旅客发现了，或者在火车进入总站之后被铁路工作人员发现。"

科尼什点点头。

"还有一种可能性就是,杀人犯在列车运行过程中将尸体抛出了列车。那尸体一定还在轨道上没被发现——虽然这看起来不太可能。我目前能想到的处置尸体的方法也只有这两种。"

"你们肯定都读到过尸体被装进行李箱的新闻,"麦吉利卡迪夫人补充说,"但是现在的旅客都不带行李了,人们只带手提箱,而手提箱是装不下一具尸体的。"。

"嗯,"科尼什回答说,"两位所说的我都同意,我们假定某个女人被杀死了,那她的尸体应该马上会被发现,最多不过几天。我会及时告知你们事情的进展——我敢说报纸都会报道这些事的。还有一种可能,就是女人在被掐后并没有死。她可能自己下了火车。"

"没有他人的帮助是很难独自离开的,"马普尔小姐回应道,"而且这种情况不引起他人的注意很难。一个男人搀扶着一个女人,并对外声称这个女人生病了。"

"确实,这种情况很容易被发现。"科尼什说,"再假设一个女人在车厢里被发现神志不清或是发病了,都会被送往医院,这在医院都是有记录的。我想你们可以暂时不用想这件事了,我会很快就事情进展给你回信的。"

次日晚上,马普尔小姐收到了来自科尼什的便条。

针对你朋友所述一事,我们已做详细的调查,却无任何结果。没发现女性尸体,医院方面也没有如你朋友所述女人的入院记录,火车站方面,没有发现休克或犯病的女人,也无男人搀扶女人离开火车站的情况。因此你可以相信,关于此事我们已经做了最详细的调查工作。我认为你朋友确实目睹了这样一起事件,但事件的严重程度远远低于她的估计。

第三章

1

"没那么严重?别扯了!"麦吉利卡迪夫人说,"这是起杀人案。"

她不服气地看着马普尔小姐,马普尔小姐也看着她。

"简,你是不是想说,你觉得整件事都是一个误会,是不是想说我臆造了整件事。你是这么想的,对吧?"

马普尔小姐温和地答道:"每个人都可能被误解,都有可能,你也不例外,这是我们都应该了解的。但我仍觉得有很大可能你是对的……你看书要戴眼镜,看远处却看得很清楚——而你目睹的事让你非常震惊,刚到我家的时候你也明显是吓坏了。"

"这种事让人难以忘记,"麦吉利卡迪夫人耸耸肩说道,"问题是我不知道我能做些什么。"

"我不觉得还有什么你能做的,"马普尔小姐一边思考一边说着——如果麦吉利卡迪夫人注意了朋友的语调,她可能发现马普尔小姐在你字上稍带地加重了一下语气,"这事你跟铁路上的相关人员说了,也向警察反映了。说实话,该做的你都做了。"

"你在安慰我,"麦吉利卡迪夫人回答,"你很清楚,圣诞节后,我会马上去锡兰①——和罗德里克待上一段时间,而且我绝不会取消这次旅行——因为我已经期待很久了。但是如果我觉得因为某些义务必须取消这次旅行,我会取消的。"麦吉利卡迪夫人说话的语气一点没有开玩笑的意思。

"我知道,但伊丽莎白,就跟我刚才说得一样,我认为你已经做了你能做的一切。"

"这得看警察局了,"麦吉利卡迪夫人说,"如果他们这样不用脑子的话。"

马普尔小姐直摇头:

"并非如此,"她说,"警察并不傻。这反倒让事情更有趣了,不是吗?"

麦吉利卡迪夫人看着她,没理解马普尔小姐的意思。马普尔小姐再一次肯定了她的判断:她的朋友有原则,但想象力匮乏。

"我们想知道的是,究竟发生了什么。"马普尔小姐说。

"一个女人被杀了。"

"嗯,但是谁杀的她?为什么?尸体是怎么处理的?尸体哪儿去了?"

"这都是警察的事。"

"没错,但他们什么都没发现。这是不是能证明这个凶手很聪明——相当聪明,"马普尔小姐说着,眉头紧锁起来,"我想不出他是如何抛尸的……你一时冲动杀了一个女人——那就一定不是有预谋的,否则你不会选择在火车即将进入大站时杀人。一定是发生了口角——嫉妒之类的原因,你把她掐死了——尸体在你手上,此时火车要驶入车站,除了我之前说得那样,把尸体挪到

---

① 即斯里兰卡,旧称锡兰。

17

车厢角落的座位上,盖住脸,让人们误以为她在睡觉,然后以最快的速度离开火车,你还能做些什么?我暂时只能想到这一种可能性,但一定还有另一种可能性……"

马普尔小姐陷入了思考。

麦吉利卡迪夫人叫了她两声,她才听见。

"你有些耳背了,简。"

"可能有一点,人们吐字不再像以前那样清晰了,但并不是我听不见,恐怕是压根儿没注意你在说话。"

"我刚想问明天去伦敦的车次。下午去行吗?我要去玛格丽特家,她希望我能去她那儿喝下午茶。"

"伊丽莎白,不知道中午十二点十五分的时候去行不行?我们可以早点吃午餐。"

"当然没问题——"还没等她说完,马普尔小姐就把话抢了过去。

"我在想,如果你没能赶上下午茶,比如晚上七点的时候才到,玛格丽特会不会介意?"

麦吉利卡迪夫人看着她的朋友,有点摸不着头脑。

"你在想什么呢,简?"

"伊丽莎白,我在想我可以和你一起去伦敦,然后再坐你昨天乘的那班车到布拉克汉普顿,之后你再从布拉克汉普顿回伦敦,而我就像你那天一样,从布拉克汉普顿坐回我家。当然,车票我买。"马普尔小姐把最后几个字音发得特别重。

麦吉利卡迪夫人根本没有想钱的事。

"你究竟在期待什么?"她问道,"另一起杀人案?"

"当然不是,"马普尔小姐说,对于她的问题感到很惊讶,"我承认想在你的指引下去亲眼看看这个——找个专业术语真难——犯罪地形。"

于是,第二天,她们坐上了下午四点五十分自伦敦帕丁顿车站发出的火车,两人坐在车厢的两个对角上。帕丁顿车站的人比昨天——周五——更多,因为距离圣诞只有两天了,但在四点五十分的这班车的车尾部分,人就相对少很多了。

可是,这次没有火车和她们并行,只是偶尔有一两列开往伦敦的火车一闪而过。有两次,反方向的高速列车也是一晃而过。麦吉利卡迪夫人时不时地看看手表,对自己有点怀疑。

"很难说清是什么时候——当时经过了一个车站,那个车站我知道……"这时她们已经经过了一站又一站。

"五分钟后应该就到布拉克汉普顿。"马普尔小姐说。

这时,从车厢门口走进来了一位检票员。马普尔小姐挑了挑眉毛,对麦吉利卡迪夫人使了一个怀疑的眼神,麦吉利卡迪夫人摇摇头,并不是同一个检票员。检票员在票上剪了一个小口,往前走去,步子有些踉踉跄跄,因为车站转过了一个长弯,列车的速度有些放缓。

"快到布拉克汉普顿了。"麦吉利卡迪夫人说。

"我觉得是快到郊区了。"马普尔小姐回答道。

窗外灯光闪闪而过,可以看到房子,偶尔也能见着街道和电车。列车的速度更慢了,开始并轨。

"还有一分钟就到了,"麦吉利卡迪夫人说,"这趟好像什么收获都没有。简,对你有什么启发吗?"

"恐怕没有。"马普尔小姐回答的语气有些不肯定。

"花了一笔冤枉钱。"麦吉利卡迪夫人说道。如果是花她的钱,她会更加感慨,所以马普尔小姐坚持她出车费。

"虽然如此,"马普尔小姐说,"我还是想去事发地点看看。

这班火车只晚点了几分钟，周五那班车是准点的吗？"

"是的吧，我没太在意。"

火车缓慢地驶入拥挤的布拉克汉普顿站台。广播里又传出了沙哑的声音，混杂着车厢门开关的声音，人们下车，上车，进入月台，走出月台——一幅拥挤的画面。

马普尔小姐想到杀人犯很容易混入人群，在人流的掩护下离开站台，甚至有可能换一节车厢，继续乘坐火车直至终点站，旅客中男性乘客很多，很难被发现。但想让一具尸体人间蒸发的难度还是很大的。尸体一定在某个地方。

麦吉利卡迪夫人下了火车，站在月台上，透过玻璃窗对马普尔小姐说：

"简，一路小心，别冻着了，现在是天气最糟的时候。你也不是小姑娘了。"

"我知道。"马普尔小姐回答。

"我们也别管这事了，能做的都做了。"

马普尔小姐点点头，说：

"伊丽莎白，在寒天里别这样站着了，会感冒的，去餐厅里喝杯热茶。你还有时间，你回城的那班车十二分钟后才来。"

"我会的，简，再见。"

"再见，伊丽莎白，祝你圣诞快乐，也愿玛格丽特一切安好，希望你在锡兰玩得开心，代我向罗德里克问好——不知道他还记不记得我。"

"当然记得，而且相当清楚呢。在学校的时候你帮过他——一个带锁的柜子里的钱不见了，还是你帮他解决的——他永远忘不了这件事。"

"哦，那件事。"

麦吉利卡迪夫人转身离开，汽笛声响起，火车缓缓滑动起来。马普尔小姐看着她敦实的背影消失在人群之中，伊丽莎白可以不再受良心的责备了，她已经履行了她的义务。

在列车提速的时候，马普尔小姐并没有往椅背上靠，而是直直地坐着，认真琢磨起来。尽管她说话有些啰唆含糊，思维却很敏捷，条理也很清晰。目前她有一个问题需要解决，也就是下一步做什么的问题。让人费解的是，她自然而然地开始思考这件事，就像麦吉利卡迪夫人自然而然地想到义务一样。

麦吉利卡迪夫人刚才说她们已经做了能做的，对麦吉利卡迪夫人来说的确是如此，但马普尔小姐自己对这一点仍存怀疑。

有时候，这是有天赋的人才能想到的问题。这样说可能有点自大，但她能做什么呢？麦吉利卡迪夫人的话语在她耳边回响起来："你不是小姑娘了……"

就像是策划一次外出活动，或是会计人员评估商业项目一样，马普尔小姐在心中掂量着，列出进一步活动有利和不利的方面。马普尔小姐心中的优势是：

1. 自己长期的生活经验，熟知人的本性。
2. 亨利·克林泽林爵士和他的干儿子。(他现在应该在苏格兰场工作，他的干儿子在小围场案[①] 帮了很多忙)。
3. 自己外甥雷蒙德的二儿子，大卫，在英国铁路公司上班，这是可以肯定的。
4. 格丽塞尔达的儿子伦纳德对地图很在行。

[①] 详见《谋杀启事》(新星出版社二〇一四年八月版)。

马普尔小姐把这些"资产"在脑海中又过了一遍，觉得都是可行的，能够很好地弥补自己的劣势，特别是老迈的身体。

马普尔小姐想：自己好像已经不可能四处奔波作调查，把事情查个水落石出了。

她的年龄和老迈的身体便是最大的阻力。尽管她的健康状况在同龄人中算不错的，但毕竟年纪大了。海多克医生都不让她做重的园艺活儿，更别说同意她去追查一个杀人犯。而实际上，这是她下一步准备做的事，而她的劣势便显现出来了。以前，她总是被案子所迫，不得不想尽各种办法查明事情真相。但这回要不要这样做，她自己也不太肯定……她现在老了——又老又累。在劳累了一天以后，她任何事情都不想做，只想回到家，坐在壁炉旁吃一顿美味的晚餐，然后上床睡上一觉，第二天醒来后出去散个步，简单地修葺花园，整理一下花花草草，既不做弯腰的事，也不让自己累着……

"我年纪大了，不能再做这种冒险的事了。"马普尔小姐喃喃自语，出神地望着窗外路堤的转弯。

一个弯道……

一个模糊的想法在她脑海中冒了出来……就在检票员检完票之后。

那个弯道带来了一种思路，只能说是一种思路，不过跟之前想的完全不同。

马普尔小姐的脸上泛起微微的红晕，瞬间疲劳全无，

"明早我就给大卫写信。"她想着。

而几乎同一时间，她又想起了另外一个重要的优势。

"当然，还有我最好的朋友弗洛伦丝。"

2

马普尔小姐开始一步一步地计划她的行动,连圣诞节这种影响时间的因素也被她考虑在内了。

她给雷蒙德·韦斯特,她的外甥,写了一封信,送上了她的圣诞祝福,也顺带请他帮忙查一些急用的信息。

跟前年一样,她去年也有幸被邀请到牧师寓所参加圣诞晚宴,在那儿,她遇上了圣诞节放假回家的伦纳德,并跟他聊起了地图。

伦纳德喜欢各种各样的地图。对于一位老妇人找一张某个地区的大地图的原因,他没有什么兴趣,他只是泛泛地提起不同类型的地图,并记下符合马普尔小姐的要求的。实际上,他做的不止这些。他发现自己正好收藏了这样一张地图,便借给了马普尔小姐,马普尔小姐也承诺会好好看管,用完就还他。

3

"地图,"他妈妈格丽塞尔达问道,格丽塞尔达的儿子已经很大了,她看起来却很年轻,肤色也不错,不像住在简陋的牧师寓所里的人,"她要在地图上找什么?我是问她要地图干什么?"

"不知道,"伦纳德回答说,"没具体说。"

"我在想,"格丽塞尔达说道,"感觉有点……都这个年纪了,这个女人应该不会做这种事了。"

伦纳德问什么事,格丽塞尔达答得含含糊糊的:

"哦,她爱管闲事,我在想,为什么要地图?"

没过多久,马普尔小姐便收到了她外甥孙的回信。信的字里

行间都流露出亲情的暖意：

亲爱的姨婆，

近来可好？我打听到了你要的信息，只有两班列车符合你的要求。一班是下午四点三十三分，一班是下午五点整，四点三十三分的那班是慢车，经停哈令百老汇、巴维尔希斯和布拉克汉普顿，然后到通往贝辛市场的各站，而五点这班是威尔士快车，开往卡迪弗、新港岛和斯温西。四点三十三分的那班车如果不晚点，应该比四点五十分自帕丁顿出发的那班车早五分钟到达布拉克汉普顿，但四点三十三分的那班车也可能在到达布拉克汉普顿站之前被四点五十分的火车超过，而五点的车在到达布拉克汉普顿站之前会超过四点五十分的那班车。

我在想发生了什么有趣的绯闻？你是在城里购物后搭那班四点三十五分的车返回时，发现旁边的列车上市长太太和卫生巡视员搂在一起了？但这和那班车有什么关系？周末在坡斯考吧？谢谢你的套头毛衣，正是我需要的。你的花园怎么样？这个季节，我想花开得并不茂盛吧。

外甥孙
大卫

马普尔小姐看完信后微微一笑，接着就开始研究信中的信息。麦吉利卡迪夫人很肯定车厢是没有走廊的，因此不可能是斯温西快车，那就应该是四点三十三分的那班车了。

看来还得亲自去坐几班火车了。马普尔小姐叹了口气。她已经制定好计划了。

她在中午十二点十五分之前到伦敦，但这次返回时没有坐下午四点五十分的车，而是四点三十三分那班到布拉克汉普顿的车。一路下来，什么事也没发生，但她记录下了一些细节，这班车人并不多——四点三十三分还没到下午的高峰期，一等车厢里只有一位旅客——一位正在读《新政治家》的老头儿，马普尔小姐的隔间里只有她一个人，在火车停靠哈令百老汇和巴维尔希斯时，她把头探出窗户，观察了一下旅客上下的情况。在哈令百老汇站上来了一批三等座旅客，人不多。在巴维尔希斯时，又下了几个三等座旅客，一等座的车厢里，除了那位看《新政治家》的老头儿，没上一个人，也没下一个人。

在快到布拉克汉普顿站时，火车经过一段转弯处，摆动起来，马普尔小姐站了起来，尝试着背靠窗户站着，在这之前，她已经把百叶窗放下来了。

她确定了列车突然转弯时，离心力和列车速度减慢会让人失去平衡靠在窗户上，百叶窗也因此很容易飞起来。她看着窗外的黑夜，天色并没有上次麦吉利卡迪夫人来时那么暗——不算黑，还有点光。但为了观察地形，她白天还得再来一次。

第二天，她一大早便坐火车到了伦敦，买了四个亚麻枕套——贵得吓人——这样既购置了日用必需品，又没有耽误调查。在帕丁顿站，马普尔小姐乘坐中午十二点十五分的火车返回。这次，头等车厢里只有她一个人，"税款，"她思考着，"一定是税款的原因。没人买头等车厢的票，除了上下班的商务人士，因为他们应该可以报销车费。"

还有十五分钟就到布拉克汉普顿站了，马普尔小姐拿出伦纳德的地图，观察起布拉克汉普顿周围的情况。来之前，她已经仔细地把地图研究过一遍，看到站名后，她能够立刻确定自己的位置,因此也能掌握火车减速转弯的地点。这个弯不算大,马普尔小姐把鼻子贴在窗户上,仔细研究车外的地面情况——轨道的路堤很高。她一边注意车外的情况,一边看着地图,直到列车到达布拉克汉普顿。

当晚她写了一封信,并把这封信寄给了住在布拉克汉普顿麦迪逊路四号的弗洛伦丝·希尔小姐……第二天上午,马普尔小姐去了郡图书馆,研究布拉克汉普顿的名册、地名录和郡志。

现在,一切都跟她当初脑中模糊的设想相吻合,她的假想被证明是可能的,但光靠想就只能到这一步了。

下一步就需要行动了——大量的行动——她的身体肯定是吃不消。如果想要证明她的想法是对还是错,她必须依靠他人的帮助才行。但问题在于——谁呢?马普尔小姐想了很多名字,也考虑了很多可能性,但都焦虑地摇摇头,一一否定了。聪明的人都很忙,不仅仅因为他们位居要职,另外,他们的闲暇时光也都被提前计划好了。那些头脑没那么灵的人有时间,但在马普尔小姐看来,却帮不了任何忙。

她静静地思考着,越发焦急和困惑。

突然,她豁然开朗,说出一个名字:

"就是她了!"马普尔小姐说道,"露西·爱斯伯罗。"

第四章

1

露西·爱斯伯罗这个名字在一些圈子里已经颇有名气。

爱斯伯罗现年三十二岁,曾经是牛津数学专业的第一名,公认的聪明人,被人们理所当然地认为会拥有辉煌的学术生涯。

但除了学术上的天赋异禀,她并不是一个只会读书的书呆子。她意识到做一辈子的学术,报酬少得可怜。她对教书一点兴趣都没有,但跟比自己愚笨的人打交道倒给了她不少乐趣。简言之,她对人——各种各样的人十分感兴趣,并不局限于某一类人。她非常爱钱,对于这一点她丝毫不隐瞒,要赚钱就必须找到他人所缺。

露西立刻找到一个很大的缺口——不同类型的,且有经验的家政服务。而她朋友和其他老师没料到的是,她真的去干这行了。

不难想象,她很快便获得了成功。十多年后的今天,不列颠群岛的人都已经熟知露西这个名字。常见的情形是,妻子们高兴地对丈夫们说:"没问题的。我可以和你一起去美国。我已经请了露西·爱斯伯罗!"露西·爱斯伯罗这个名字的意义在于,只要她去了一户人家,家中一切的担心、忧虑和重活儿都会一扫而空。她什么都做，什么人都照料，什么都安排。让人难以置信的一点在于，你想得到的事她都可以做得很好。她既照顾老人，照料小孩，也服侍病人，烧得一手好菜，和年长的用人也处得很好——个别家庭有年纪很大的用人——应对那些不可理喻的人也有自己的一套，经常醉酒的酒鬼在她面前也不敢撒酒疯，连小狗都很喜欢她。她最大的优点是从不介意做任何事——擦厨房地板、在花园里挖土、清理狗屎、运煤。

她有一个原则是从不接长活儿，在同一户人家一般只干两个星期——特殊情况下最多做一个月。为了这两周的工作，你得付出很高的报酬，但也会受到王室般的待遇，你可以完全放松自己，出国或者待在家里，做些让自己开心的事，不用担心家务，因为露西会把家里照顾得井井有条。

正因为如此，想请露西的人很多。如果她愿意，接下来三年都会被预订得满满的，也有人想出一大笔钱请她长期做下去，但她无意于在一家长期干，也不接受超过半年的预定。那些聒噪的雇主不知道的是，在半年内，她时常给自己留些空闲时间，给自己放一个奢侈的短假——因为她工作时不用花钱，雇主给她的报酬和待遇也都不错——或者接受某份突然感兴趣的工作，要么是因为工作本身的性质，也可能是因为她"喜欢各种各样的人"。想雇用她的人多如牛毛，自由选择的权利在她手上，因此她多数是依据个人喜好来选择雇主的。她的服务不是千金可换的。她有选择的权利，也确实做了选择。她很享受她的生活，并视之为娱乐的源头。

她把马普尔小姐的来信看了一遍又一遍。她是两年前认识马普尔小姐的，那时小说家雷蒙德·韦斯特请她照看他患了肺炎的姨妈，她接受了这份工作，来到圣玛丽米德。她非常喜欢马普尔小姐,而马普尔小姐透过卧室的窗子看见露西种香豌豆的动作十分娴熟,也松了一口气,靠在枕头上一边吃露西做的小点心,一边听着家里脾气不太好的老用人讲述如何"教了爱斯伯罗一种钩针花样,她之前都没听说过!她挺开心的。"这让马普尔小姐不大不小地吃了一惊。而在她的照料下,马普尔小姐的恢复速度之快也让医生觉得不可思议。

马普尔小姐写信询问露西能否帮她做一件事——一件不寻常的事,或者找个时间,两人碰个面来讨论一下这件事。

露西在思考这个问题的时候紧锁着双眉,她确实没有任何空闲时间了,但是"不寻常"这几个字,还有她对马普尔小姐的印象,让一切问题都不成问题。她直接给马普尔小姐打了个电话,说明她现在正在工作,不方便去圣玛丽米德,但第二天下午的两点到四点间她没事,可以和马普尔小姐碰面,伦敦的任何地方都行。她建议在自己的地方见面,那是一幢不伦不类的建筑,有几间又小又暗的写字房经常空着。

马普尔小姐接受了她的建议,第二天两人便见面了。

两人互相问好后,露西把马普尔小姐带进了最暗的写字房,问道:"最近我都没有时间,但你能说说我要做什么事吗?"

"很简单,真的,"马普尔小姐回答,"不寻常,但简单,我想让你找一具尸体。"

露西心生疑惑,觉得马普尔小姐是不是有点精神失常,但她立刻打消了这个顾虑,马普尔小姐正常得很。她知道自己在说什么。

"什么样的尸体?"露西问,她出奇的淡定。

"一具女性的尸体,"马普尔小姐回答说,"一位在火车上被杀的——实际上是被勒死的——女性的尸体。"

露西稍稍抬了抬眉。

"嗯，相当不寻常，你给我说说情况吧。"

马普尔小姐把事情告诉了她，她听得很入神，一句话也没说，马普尔小姐说完后，她说：

"这全部都是根据你朋友的所见——或是她认为她看到的——"

她话没说完，只是给出了自己的疑问。

"麦吉利卡迪夫人从不捏造事实，"马普尔小姐解释道，"这也是我相信她的原因。如果换作桃乐西·卡特莱特——事情可能完全不一样，桃乐西总能编出一个像模像样的故事，并经常深信不疑，她的故事有一定事实基础，但也只有这些是真的。但是麦吉利卡迪夫人这种女人很难相信任何奇怪和不可能发生的事，她是个与暗示绝缘的人，像是一块绝缘的花岗岩。"

"我懂了，"露西思索着回答道，"嗯，我相信你所说的，但为什么找我呢？"

"我对你的印象深刻，"马普尔小姐说，"而你也知道，我的身体不允许我四处奔走做事了。"

"你要我去做调查这一类的事？警方不是已经全部做过了吗？还是你觉得他们做事太疏忽了？"

"不是，"马普尔小姐答道，"并不是他们的疏忽。只是我最近对那具女尸有了一个新的假设，那具尸体一定在某个地方，如果不在火车上，那一定被推下或扔下了火车——但沿线并没有发现尸体。因此我坐了同一班火车，想看看在火车行驶的途中有什么地方可以抛尸——确实有这样一个地方，列车在进入布拉克汉普顿前会转一个大弯，在一处高路堤上，如果尸体在那里抛出，列车正好有个倾斜的角度，我想尸体能够被扔下路堤。"

"即使这个假设成立,你能肯定找到尸体?"

"嗯,尸体可能被抬走了……我正要找一个,地图上的这个地方。"

露西弯下腰来看马普尔小姐所指的地方。

"它正好处在布拉克汉普顿的市郊,"马普尔小姐说道,"起初是一座乡村庄园,有很大的草坪和庭院,现在仍然在那儿,丝毫没有改变,四周建起的房子和小的郊区住宅把庄园包围起来。这座庄园叫拉瑟福德庄园,一八八四年由克瑞肯索普建造,他当时是一名非常有钱的制造商。克瑞肯索普的儿子,现在也是一位老人了,仍和他女儿住在那儿。庄园一半的外墙都在铁轨旁。"

"那你要我做——什么?"

马普尔小姐很快给出了答案:

"我想让你在那里找份活儿干,每家都需要会做事的人来帮忙做家务——我想这应该不难。"

"嗯,我也觉得没什么困难。"

"我知道,据本地人说,克瑞肯索普是个吝啬鬼。如果他给你开的工钱很低,我会给一定的补偿,加起来应该比你现在的工资高。"

"因为工作难做吗?"

"不如说是因为危险性。这事可能会有危险,提醒一下你准没错。"

"我想,"露西一边思考一边说,"危险可不能唬住我。"

"我也这么想,"马普尔小姐回答道,"你不是那种人。"

"你是不是认为这样反而能引起我的兴趣,我的生活很少有危险。但你真认为这事有危险吗?"

"有个人,"马普尔小姐指了出来,"成功地实施了一起杀人案，没引起人们的注意，没有证据，只有怀疑。两个老太太向警察反映了一件看似不太可能的事，警方进行了调查，一无所获。一切都做得很漂亮，丝毫没有引起怀疑。我想这个人，不管他是谁，不会担心事情被人调查——特别是他成功实施了杀人计划后。"

"那我具体要找什么东西呢？"

"路堤附近可能留下的证据，衣服碎片，受损的灌木丛——这类东西。"

露西点点头。

"然后呢？"

"我会住在庄园附近，"马普尔小姐说道，"我的一位老用人，忠诚的弗洛伦丝，住在布拉克汉普顿。她照看年迈的父母多年，现在两位老人都去世了，她便把房子租了一部分出去——房客都是正派的人。她安排我和她睡一间房，她会悉心照顾我的，我觉得我还是住在你附近好一点。你可以提到你有个年迈的姨妈住在附近，所以你想找一份离她近点的活儿，你也能和那家人提前谈好条件，要求有一定的空闲时间经常去看望她。"

露西又点点头。

"我原本打算后天去陶尔米纳度假，"她说道，"假期可以延后。但我只能承诺你三个星期，我之后的时间都被预订满了。"

"三个星期应该够了，"马普尔小姐说，"如果三个星期还什么也找不出来，那我们最好放弃此事，就当是我想多了。"

马普尔小姐离开了。露西思考了一会儿后，拨响了布拉克汉普顿职业介绍所的电话，那儿的女经理她很熟。她说明自己十分想在布拉克汉普顿周围找一份工作，好离姨妈近一些。几个好地方都被她巧妙地拒绝了，一点小困难也被她聪明地化解，拉瑟福德庄园几个字终于从电话那头说了出来。

"我要找的就是这儿。"露西回答得很肯定。

介绍所给艾玛·克瑞肯索普小姐打了个电话,随后又给露西打了个电话。

两天后,露西离开伦敦,踏上了去拉瑟福德庄园的路。

2

露西开着她的小车,穿过了一扇气派的大铁门,刚进门就看到一幢小屋,看起来已经完全被遗弃了,不知道是因为受到了战火的洗礼,还是单纯不用了,一段蜿蜒曲折的长路穿过大片大片色泽暗淡的杜鹃花,便到了艾玛小姐住的房子。看到这幢房子时,露西不禁屏住呼吸,这简直是一幢微型的温莎城堡。房前的石阶没得到小心的保护,原本用来扫沙砾的扫把被弃在一旁,石阶上长出了杂草。

露西拉下了老式铁铃,铃声很大,整个房子都回荡着声响。一位邋里邋遢的妇人在围裙上擦了擦手,打开门,满脸疑惑地看着她。

"预约了的那位,是你吗?"她问道,"什么什么伯罗小姐来着,小姐她告诉我的。"

"正是。"露西回答。

房子里冷得刺骨,妇人带她穿过一间昏暗的大厅,打开右边的一扇房门。出乎她的意料,会客室还挺敞亮的,里面摆放着书籍和包裹着印花棉布的椅子。

"我去告诉小姐。"妇人对露西说,离开时重重地关上门,露西本就已经十分厌恶她了,这下程度更深了。

几分钟后,门又开了。看到艾玛的第一眼,露西便喜欢上这个人了。

艾玛是一个中年女人,没有什么特点,既不算相貌平平,也不是美丽动人。衣着得体,粗呢外套配一件套头毛衣,前额的黑发向后梳着,淡褐色的双眼,目光坚定,声音很悦耳。

她问道:"爱斯伯罗小姐?"随即伸出了手。

她看起来有些疑虑。

"我想问,"她又问,"你真要在我们这儿工作?我不需要家务管家,而是要人干活儿。"

露西说这也是大多数家庭要她干的事。

艾玛面带歉意地说:

"有很多人认为只要做做简单的清扫就行了——这些简单的清扫活儿我自己也能做。"

"十分理解,"露西回答,"你要人做饭、洗衣服、做家务活儿、生炉子,都没问题,我都能做,我不怕干活儿。"

"这是幢大庄园,恐怕不太方便。当然我们用到的地方很少——只有我和我父亲,我父亲是个病人。我们的生活很朴素,这儿有一个雅家炉。我有几个哥哥,不常来。家里还有两位女佣,一位是基德太太,她每天上午在这儿,另一位是哈特太太,每周做三天,擦拭一下家里的黄铜饰品等等。你开车吗?"

"嗯。如果没地方停,停外面就好,停在空地上是经常的事。"

"不用,这儿有很多马厩,不存在没地方停的问题。"她皱了一会儿眉头,问道,"爱斯伯罗——很少见的名字,我的几个朋友跟我说过一个露西·爱斯伯罗——你在肯尼迪家做过?"

"嗯,肯尼迪太太生孩子时,我在他们北德文区的家里帮过忙。"

艾玛笑了。

"我听说,你打理家务的那段时间,是他们感觉最清闲的时候。可我记得你要的报酬很高,那个数目——"

"完全不用担心,"露西说,"我只想离布拉克汉普顿近一点,我有个上了年纪的姨妈,健康状况堪忧。我想离她近点,因此将薪水做为次要的考虑条件,我不能对她坐视不理。如果我能确定基本每天都有些空闲时间的话。"

"当然有,如果你愿意的话,下午都没事,晚上六点之前回来就行。"

"再好不过了。"

艾玛小姐迟疑了一会儿,还是把顾虑说了出来。"我父亲年纪大了,有时候——不太好服侍,他对钱看得比较重,有时候说的话让人反感,我不想——"

露西立刻把话接了过来。

"老人我服侍得比较多,不同性格的老人,"她说道,"我跟他们都挺合得来的。"

艾玛如释重负。

"这位父亲很难伺候!"露西自己分析着,"肯定是个暴脾气。"

她被安排独自住一间卧室,房间宽敞却昏暗,有个小电热器,已经开到最大了,房子里却不怎么暖和。艾玛带着她在庄园里转了一圈,庄园很大,却不太舒适。她们经过大厅的一扇房门时,一个声音吼道:

"是你吗,艾玛?那个新来的女孩到了吗?把她带进来,让我见见。"

艾玛的脸一下子就被吓红了,怀着歉意看着露西。

两人走进了房间。

房子的墙壁都用深色的天鹅绒包裹着，窗户十分窄，基本上透不进什么光，屋内摆满了厚重的维多利亚风格的红木家具。

老克瑞肯索普坐在轮椅上，身旁放着一根银色杖头的手杖。

他个子很大，体形消瘦，布满褶皱的皮肤包裹着松弛的肌肉，脸长得有点像斗牛犬，方形的下巴，浓密的深色头发下是一双灰色的小眼睛，眼神里充满怀疑。

"让我看看你，年轻人。"

露西面带笑容，泰然自若地走上前去。

"有件事你最好现在就弄清楚，住着大房子并不代表我们很有钱，我们没有钱，我们的生活很俭朴——听清楚了——俭朴！如果你有很多过分的想法，最好别来这儿。在我这儿，鲶鱼和大鲮鱼没有区别，这一点你记住了，我受不了浪费。我住这儿是因为这房子是我父亲建的，我也喜欢这幢房子。在我死后，我的子女如果想卖这幢房子，可以卖掉，我估计他们也是这么想的，毫无家庭观念。这幢房子建得很好——很结实。房子周围的土地也是我们的——为了免受外人打扰。四周的土地如果当建筑用地出售，能赚一大笔钱。我在世的时候这是不可能的，你们别想把我从这里面赶出去，除非我死了，你们把我抬出去。"

他两眼直直地瞪着露西。

"你是这幢房子至高无上的主人。"露西答道。

"取笑我？"

"当然不是，我觉得能有一块四周都是城镇的乡村土地，是件让人很兴奋的事情。"

"没错，在这儿你看不到其他的房子，你见着了吧？四周都是放牛的牧场——布拉克汉普顿的正中心。当风从那边刮过来时，会听到一些汽车的声音，但这里仍然像田园一样。"

他接着又用同样的语调命令艾玛：

"给那个该死的蠢医生打电话，告诉他上次的药完全没用。"

露西和艾玛转身离开。他在后面大声吼道：

"别让那个爱扫灰尘的傻女人进来了，她把我的书全弄乱了。"

露西问道：

"克瑞肯索普先生病了很久了？"

艾玛的回答有点闪烁其词：

"哦，有些年了……这是厨房。"

厨房空间很宽大，大型的厨灶炉具冰冷地放在那儿，像被遗弃了一般，旁边放着一个雅家炉。

露西询问开饭时间，然后看了看储物橱，之后高兴地对艾玛说：

"现在，情况我都熟悉了，不用管了，全交给我吧。"

艾玛那晚睡觉时如释重负地舒了一口气。

"肯尼迪家没说错，"她说道，"这人相当不错。"

第二天一早，露西六点便起来了。清理房间，买菜，把做饭的材料放在一起，做早饭，并把早饭送到了老克瑞肯索普的房间，还同基德太太一起整理床铺。上午十一点时，她们在厨房里坐了下来，喝着浓茶，吃着饼干。"没架子"的露西、茶的浓烈与甘甜，让基德太太卸下了警惕，跟她聊了起来。基德太太是一个瘦小的女人，有很强的洞察力，但口风很紧。

"他就是个老吝啬鬼，艾玛得受多少气啊！她也不是任你欺负的那种人，必要的时候她也不是好惹的。每次男士们回家的时候，她都忙里忙外，到时候就会有好东西吃了。"

"男士们？"

"嗯，这原本是个大家族。老克瑞肯索普最大的儿子埃德蒙德在战争中阵亡了，二儿子塞德里克住在国外，没有结婚，经常画画。三儿子哈罗德在伦敦工作，也住在城里——娶了一位伯爵的女儿。四儿子阿尔弗雷德赚钱很有一手，但品行不太好，已经惹了一两次麻烦。大女儿伊迪斯的丈夫，布赖恩，是个很好的人——伊迪斯几年前去世了，但她丈夫仍然是家庭的一员。伊迪斯有个儿子，亚历山大少爷，他还是个学生，放假时经常会在这儿住一段时间，艾玛小姐经常成为他打闹的对象。"

基德太太刚刚说的露西都记住了，她继续给这位"告密者"添着茶水。终于，基德太太不情愿地站了起来。

"今天上午好像聊了很久了。"她自己都有些不相信，"亲爱的，土豆要不要我帮忙准备呢？"

"都准备好了。"

"你真是太能干了！这儿好像没什么事做了，那我做自己的事去了。"

基德太太走出了厨房，露西还有多余的时间，无事可做，便擦拭起厨房的桌子来，之前她就想做这事了，但碍于那是基德太太分内的事，为了不得罪基德太太，只好停了下来。她又去擦镀银餐具，一个个都擦得闪闪发亮。露西做了午饭，收拾好厨房，饭后把餐具也洗了，下午两点半，她准备出门探探周围的情况。出门前，她把下午茶都准备好了，放在一张托盘上，有三明治和抹黄油的面包片，上面盖了一张湿餐布，让这些茶点不会太干。

她在花园里踱步——一件很常见的事。果园里稀疏地种着些蔬菜，温室破烂不堪，原本供人行走的路也长满了杂草，只有房子周围的那片蔬菜种得不错，没有受到杂草的侵蚀，露西觉得是艾玛亲自打理的。园丁是位老人，有点耳背，并不怎么做事，只是有人来时才装模作样做一会儿。露西愉快地和他攀谈起来，他住在这个马厩院子附近的一幢小房子里。

从马厩大院出来有一条行车道，走过车道，穿过两边都有栏杆的草坪后，便到了铁轨桥拱下，穿过桥拱，是一条窄小的后街。

每隔几分钟，铁轨拱桥上方的主线铁轨有一辆火车疾驰而过，当火车减速经过克瑞肯索普家旁的急弯时，她便认真观察。她走过桥拱，到了后街。这儿看起来很少有人经过，道路的一旁是铁轨的路堤，另一旁是大型工厂外墙。沿着路一直往前走，她到了一条街上，街旁有些小房子，她可以听到不远处主街的声音，一片交通繁忙的景象。她看着表。附近一幢房子里走出来一个女人，露西叫住了她。

"不好意思，请问附近有公共电话吗？"

"路的拐角处有个邮局。"

露西谢过了她，朝邮局走去，所谓的"邮局"其实是商店和邮局的结合体，房子旁有个电话亭，她走了过去，拨通了电话。她请马普尔小姐接电话，电话里一个女人用尖锐的声音答道：

"她现在休息了。我不想去打扰她！她需要休息——她现在年纪大了。请问你怎么称呼？"

"爱斯伯罗小姐，用不着打扰她，只需要转告她我到了，一切都好，有什么新发现我会告诉她的。"

她挂了电话，便返回了拉瑟福德庄园。

第五章

1

"我在草坪上用短铁杆挥上几杆应该没什么问题吧?"露西问道。

"当然可以。你喜欢高尔夫?"

"打得不太好,但我想坚持练练。高尔夫比散步更有意思。"

"这附近没地方散步。"老克瑞肯索普用低沉而沙哑的声音说,"只有人行道和几间小得可怜的房子。他们想侵占我的土地建更多的房子,除非我死了,否则他们休想得逞,我不会为了成全谁去死的。听好了!不成全任何人!"

艾玛温和地提醒他:

"别说了,父亲。"

"我知道他们怎么想的——也知道他们在等什么。他们几个,塞德里克,狡猾的哈罗德和他那张自以为是的脸,而阿尔弗雷德,我觉得他并没有杀死我的想法,但上次圣诞节的时候,他未必没有这种念头,我犯的病很奇怪,行医多年的坎佩尔也不得其解。他非常谨慎,问了很多问题。"

"每个人都有点消化问题,爸爸。"

"得了,得了,直接说我吃多了不就行了!你就是这个意思。

为什么我吃那么多？因为桌上菜太多，吃都吃不完，奢侈、浪费，这让我想到了——你，小姑娘，今天送来的午饭里有五个土豆。而且个头都不小，换作谁吃两个都够了。以后，我饭菜里的土豆不能超过四个，今天就浪费了一个。"

"克瑞肯索普先生，那并没有被浪费，我打算用它做今晚的西班牙煎蛋卷。"

"该死！"露西端着咖啡盘走出房间时，听到他骂了句，"机灵的小姑娘，总是接得上话，菜做得还不错——长得也挺好。"

露西从事先就准备好的一套高尔夫球杆里拿出一支轻便的铁杆，走到草坪上，翻过栏杆。

她击了好几杆。大概过了五分钟，她打出了一记侧旋球，碰巧落在了铁路路堤一侧。她走上前去找球，向后朝房子看了看，离得很远，没人会注意她在干什么。她接着找球，时不时把球从路堤上击到下面的草丛里。这个下午，路堤的三分之一被她寻了个遍，什么也没发现，于是，她把球往回打。

第二天，她找到了一些东西。一片多刺疏林长在路堤中部，有些枝条已经被折断，一些短碎的枝条散落在周围。她仔细地看了看树，一根刺上挂了一块皮毛碎片，看起来跟木头的颜色很像，浅棕色。她盯着皮毛看了一会儿，从口袋里拿出一把剪刀，小心地剪下一半，装进了从口袋里拿出的信封中。路堤的坡很陡，她走下去找其他证物。她仔细地扫视这片杂草地，想着能够找到有人穿过这片长草地留下的脚印，但是脚印非常模糊——并不像她自己的脚印那样清晰。这一定是很久以前的脚印了，但是痕迹太模糊，让她无法肯定这不仅仅是她的假想。

在那片折断的多刺树林下方，她在路堤底部旁的杂草里搜寻着证物。很快，搜寻便有了发现，她找到了一个粉盒——一件廉价的瓷器。她把这些东西用手帕包了起来，放进口袋，然后继续搜寻，却再也没有任何发现。

第二天下午，她上了自己的车，要去看看她生病的姨妈。艾玛善解人意地说："不必急着回来，晚饭前没什么事。"

"谢谢，但最晚六点，我一定回来了。"

麦迪逊四号是一幢装修简洁的房子，坐落在一条人烟稀少的小街上。干净的诺丁汉花边窗帘，雪白的门阶，色泽明亮的铜质门把手。开门的是一位个子高高的女人，看起来有些严肃，一袭黑色衣裳，铁灰色的头发绾在头上，形成了一个很大的发髻。

带露西去马普尔小姐的房间时，她一直用怀疑的眼神看着露西。

马普尔小姐正坐在客厅里，客厅正对着一个不大但很整洁的方形花园。房子内十分干净，放了许多垫子和小布垫，还有很多瓷制装饰品，以及一套相当大的詹姆士一世风格的家具和两盆蕨类植物。马普尔小姐坐在一张大椅子上，正忙着织毛线。

露西走了进去，关上门，然后坐在马普尔小姐对面的椅子上。

"看来！"她说，"你是正确的。"

她把找到的东西拿了出来，并详细说明了发现的过程。

马普尔小姐脸红了一些，有些成功的激动。

"这种事本不值得高兴，"她说道，"话说回来，提出一个假设，并找到证据证明它是对的，确实很让人高兴！"

她用手指摸了下那一小撮毛。"伊丽莎白说过，那个女人穿的是浅色毛皮外衣，我觉得那个粉盒是装在口袋里的，在尸体滚下路堤时掉了出来，粉盒特征并不明显，但它也许能帮上忙。毛没有全部取下来吧？"

"没有，留了一半在折断的带刺的树枝上。"

马普尔小姐满意地点点头。

"很好，你相当聪明，亲爱的，警察会仔细勘察的。"

"你要带着这些东西——去警察局？"

"不，现在还不是时候……"马普尔小姐考虑后给出了答案，"我想，最好先找到尸体，你不这样认为吗？"

"嗯，但这是不是太难了？我的意思是，你的假设是正确的，凶手把尸体推下了火车，然后在布拉克汉普顿下车，在某个时候——也许将是当天晚上——到了路堤旁，然后，把尸体搬走了，但这之后呢？尸体可能被他搬到任何地方。"

"不是任何地方，"马普尔小姐说，"亲爱的爱斯伯罗小姐，我认为你的结论不符合逻辑。"

"请叫我露西。为什么不是任何地方？"

"因为，如若这样的话，他完全可以轻松地在一个没有人的地方把女孩杀了，然后把尸体拖走。你没有想到——"

露西打断了她。

"你是说——你的意思是——这是一起谋杀？"

"起初我并不这样认为，"马普尔小姐回答道，"出于本性，人都不会这样想。整件事看起来是两人发生了一场口角，男人恼羞成怒，把女人掐死了，然后男人面临一个问题，必须在几分钟之内解决，但这样的巧合让人太难相信了，他因为一时愤怒杀死了女孩，向窗外看去，发现火车正经过一个转弯，然后在转弯处的某个地方抛尸，而且还可以确定自己之后能找到那个地方，然后把尸体拖走！他如果只是碰巧遇上了这个机会把尸体扔出去，那他之后应该就不会做其他的事了，尸体应该早就被发现了。"

马普尔小姐停了一会儿。露西看着她。

"你知道，"马普尔小姐深思熟虑地分析道，"犯罪前先计划好一切是很聪明的做法——而我认为这次谋杀计划相当周密。利用火车能够很好地隐匿自己的身份，如果他在女人住的或待的地方把她杀了，有人会注意到他进出。或者他把女人带到郊外的某个地方，有人会注意到他的车牌号和车的外形，但在火车上来来往往的都是陌生人，在一节无过道的车厢里，和一个女人单独在一起，这就相当简单了，尤其是在他知道下一步该做什么的情况下。他知道——肯定知道——关于拉瑟福德庄园的一切——它的地理位置，我指的是庄园四周没有房屋，这很少见——是一座被铁轨环绕的'孤岛'。"

"确实是这样，"露西说，"这座庄园已经跟时代格格不入了，车水马龙的城市环绕着它，却始终有一定距离，只有一些商人早上从这儿经过，除此之外再无其他了。"

"那我们假设，如你所说，凶手当晚就到了拉瑟福德庄园，尸体被抛下时已经很晚了，天亮以前不太可能有人发现。"

"的确没人发现。"

"凶手到过那儿——怎么来的？开车？走哪条路？"

露西想了想。

"在工厂高墙附近有一条崎岖不平的路，他可能是从那条路过来的，穿过铁轨的桥拱，走到大院的后行车道，然后他可以爬过栏杆走到路堤下，沿着路堤走，找到尸体，然后搬运至车上。"

"然后，"马普尔小姐接着说了下去，"他把尸体运到了事先选好的位置。凶手之前已经仔细考虑过地点了，我认为，他不会把尸体搬离拉瑟福德庄园，要搬也不会搬很远。我在想，尸体是不是很可能被埋在什么地方了？"马普尔小姐略带疑问地看着露西。

"我觉得是这样，"露西一边思考一边回答，"但是也没有你说得那么简单。"

马普尔小姐同意她的说法。

"他不可能把尸体埋在草坪里，那样既费时又费力，而且很容易被发现。庄园里有什么地方的土被翻动过？"

"厨房菜园，有可能，但是距离菜农的房子太近了，不过菜农年纪大了，耳朵也不好使——但埋在那儿还是不保险。"

"那儿有狗吗？"

"没有。"

"会不会在小屋，或者外屋里？"

"这样做更快，更简单……那儿有很多没人用的老房子：破旧的猪舍、马具室、没人去的作坊。他也有可能把尸体埋到杜鹃花丛或是灌木丛的某个地方了。"

马普尔小姐点点头。

"嗯，我觉得这更有可能。"

这时有人敲了敲门，面无表情的弗洛伦丝端着托盘走了进来。

"有人来看你，真好，"她对马普尔小姐说道，"我给你做了你以前爱吃的司康饼。"

"弗洛伦丝的茶点做得相当美味。"马普尔小姐赞扬道。

弗洛伦丝听了很高兴，原本严肃的面庞露出的笑容让人有些意外，然后，她走出了房间。

"亲爱的，我想，"马普尔小姐说道，"下午茶的时候，我们就别再谈杀人案了，太倒人胃口了！"

2

下午茶用完之后,露西站了起来。

"得回去了。"她说,"我和你说过,住在拉瑟福德庄园的人里没有我们要找的那个男人。只有一个老头儿,一个中年妇女,和一个年纪又老、耳朵又背的园丁。"

"我并没有说他住在那儿,"马普尔小姐解释道,"我只是说他是个对拉瑟福德庄园很熟悉的人,等你找到尸体后我们再来讨论这件事。"

"你似乎很自信,认为我一定能找到尸体,"露西说,"我倒没那么乐观。"

"亲爱的露西,我相信你会成功的,你那么能干。"

"其他方面是,但对找尸体可是毫无经验。"

"我很肯定,这只要知道一点常识就行了。"马普尔小姐鼓励她。

露西看着她,笑了起来,马普尔小姐也回以微笑。

第二天下午,露西便按计划开始找起了尸体。

她在外屋四周和猪舍周围的石楠里戳了戳,正在察看温室下的锅炉房时,听见了一声干咳,转过头来看到园丁希尔曼正用一种不悦的眼神看着她。

"小姐,你小心点,不然会摔得很惨呢。"他提醒着露西,"这些台阶不太稳固,刚才你在阁楼上,那儿的地板也不怎么牢靠。"

露西十分注意,避免露出尴尬的神情。

"我以为你觉得我弄出的声响太大了,"她和颜悦色地说,"我刚才只是好奇这里是不是能种些东西——种点蘑菇之类的拿到市场上去卖，这么好的地方就这么闲置了。"

"都是雇主，都是他，一分钱都不愿意花。应该有，应该给我配两个男人和一个男孩，才能把这个地方弄好，但是他什么都不听我的，不愿意。我花了很大的工夫想让他买个电动除草机，他却让我用手把前面的草拔了。"

"但如果这个地方花钱——修理下？"

"他可不会花钱修这个地方——做梦还差不多。再说了，他根本不管这些，只管省钱，他很清楚等他死了以后会发生什么——这些孩子会立刻把这儿卖了，他们就等他见上帝了，我听说，老克瑞肯索普先生死后他们能分很多钱。"

"他是个很有钱的人吧？"露西问道。

"克瑞肯索普的花式织物公司，钱都是这儿来的。克瑞肯索普先生的父亲创立了这家公司。他很有头脑，每个人都这样说。赚了钱，建了这个地方。听说他脾气不太好，别人对他做的事，一桩桩一件件都会记在心里。尽管这样，他是一个非常大方的人，一点也不吝啬。他的两个儿子挺争气的，事情是这样的，他们接受了教育，被培养成绅士——上了牛津大学这样的名校，但他们都太绅士了，没人愿意做生意，年纪小点的娶了一个演员，之后喝了酒，被车撞死了；年长一点的，也就是我现在的雇主，不太讨他父亲喜欢，在国外待了很久，买了很多其他宗教的雕像并寄回家，年轻的时候花钱大手大脚——中年时才收敛些。对，我听说他和他父亲合不来。"

露西记住了这些信息，出于礼貌，她表现出很有兴趣的样子。老人倚着墙，准备长篇大论地讲下去，比起做事，他更喜欢聊天。

"克瑞肯索普先生的父亲在战前就死了，高烧烧得很厉害，但找不到任何原因,他扛不住了。"

"他父亲死后,克瑞肯索普先生搬了过来?"

"嗯,和他的家人一起,那时候他差不多都是成年人了。"

"但……嗯,我知道了,你说的是一九一四年的战争。"

"不,不是的,克瑞肯索普先生的父亲是一九二八年去世的。"

露西觉得一九二八年也能被称作"战前",但她没有说出口。

露西说:"好了,我想你也要继续干活儿了,不妨碍你了。"

"哎,"老迈的希尔曼有气无力地接了一句,"现在这时候干不了什么,没什么光。"

露西朝房子走回去,在一片白桦林和开着杜鹃花的杂树丛前停了下来,她觉得这里有可能成为掩埋尸体的地点,便检查了一番。

进屋时,她看见艾玛正站在大厅里看一封信件,下午邮差刚送过来的。

"我的外甥明天要过来了——和他一个同学一起。他的房间在门廊的尽头,旁边的一间房可以给詹姆斯·斯托塔德·韦斯特住,他们用对面的洗浴间。"

"好的,艾玛小姐。我会提前把房间准备好的。"

"他们会在午饭前到,"她迟疑了一会儿,"到时他们肯定饿了。"

"我想也是,"露西答道,"烤牛肉怎么样?还是糖浆馅饼?"

"亚历山大喜欢吃糖浆馅饼。"

第二天上午,两个男孩来了。两人的头发都梳得整整齐齐的,他们有着精灵般的脸庞,举止得体。亚历山大·伊斯特里一头金发,一双蓝色的眼睛;斯托塔德·韦斯特则是一头黑发,戴着一副眼镜。

午饭时,他们聊了很多体育赛事,偶尔也说到最新的空间科幻小说。他们的行为举止就像两个讨论旧石器时代器具的老教授,跟他们比起来,露西显得年轻多了。

牛里脊肉很快被吃完了,糖浆馅饼的每一块饼皮都被吃得一点不剩。

老瑞肯索普略带不满地说道:"你们俩快把我家吃空了。"

亚历山大用他那双蓝色的眼睛瞥了他一眼。

"外公,如果你买不起肉的话,我们可以吃面包和奶酪。"

"买不起?我买得起,我只是不喜欢浪费。"

"先生,我们没浪费一点。"韦斯特说道。他低头看着桌子,什么都没剩,足以证明他们吃得很干净。

"你们吃的加起来够我四顿了。"

"我们正在长身体,"亚历山大解释道,"需要摄入大量蛋白质。"

老瑞肯索普又低声咕哝了几句。

两个男孩离开餐桌时,露西听见亚历山大对他朋友抱歉地说道:

"别理会我外公,他在节食,所以有点奇怪。他很吝啬,这肯定是种心理疾病。"

韦斯特很善解人意地说道:

"我有一个姑妈总觉得她要破产了,她确实有很多钱,医生说这是一种病态的行为。亚历山大,你有足球吗?"

露西收拾完东西,洗净餐具后,便出门了。她听见孩子们在远处的草坪上叫喊,便往反方向走去。走到前行车道上,在那儿发现了很多杜鹃花丛,她仔细搜寻起来,拨开枝叶往里面看去，她从前往后搜寻着，从这一小块到另一小块。正用高尔夫球杆在花丛里翻找时，亚历山大礼貌的问候声把她吓了一跳。

"露西小姐，你在找什么东西吗？"

"一个高尔夫球，"露西惊魂未定地回答，"其实不止一个，我基本每天下午都会练习击球，因此丢了很多球，我想今天必须找回来一些了。"

"我们可以帮你。"亚历山大绅士地说道。

"真是个好心的好孩子，我以为你们在踢足球。"

"不能继续踢了，"韦斯特答道，"太热了。你经常打高尔夫？"

"我很喜欢高尔夫，但没什么时间。"

"我想也是。你在这儿做饭吧，是吗？"

"嗯。"

"今天的午饭是你做的吗？"

"是的，味道还行吧？"

"简直是人间美味，"亚历山大赞美道，"我们学校的食物可难吃了，干巴巴的。我喜欢粉色而且里面有汁的牛肉。糖浆馅饼的原料磨得很碎。"

"那你跟我说说你最喜欢什么。"

"我们可以吃苹果蛋奶霜吗？我最爱吃这个。"

"没问题。"

亚历山大惊叹了一声。

"台阶下有一套钟面式高尔夫球[①]，"他说，"我们可以把它放在草坪上，推几杆，韦斯特，你觉得怎么样？"

[①]一种游戏，围绕着高尔夫球洞附近用道具摆放出类似于钟的形状，并从每个整点进行击球。

"好啊！[①]"韦斯特答道。

"他并不是真正的澳洲人，"亚历山大礼貌地解释道，"但他正在练习用这种方式说话，为了他家人明年带他出国看国际锦标赛。"

在露西的鼓励下，他们把那套钟面式高尔夫球拿了出来。过了一会儿，她回到房子的时候，发现两人正在草坪上争论数字摆放的位置。

"我们不想把它摆成时钟的形状，"韦斯特说，"那是小孩的玩法，我们想把数字摆在远近不同的地方，有长杆也有短杆，可惜数字都已经生锈了，基本上看不清了。"

"需要上点白漆，"露西说道，"明天可以弄些来，然后再涂上。"

"好主意。"亚历山大脸上立刻露出喜悦的神情，"我记得在长仓库里还剩下几罐油漆——上次放假的时候油漆工留在那儿的，我们去看看？"

"长仓库是什么？"露西问。

亚历山大指着一幢石头砌的长房子，离庄园不远，就在后行车道附近。

"很古老了，"他说道，"外公叫它泄露仓库，说它是伊丽莎白时代的。但那只是吹牛，它原本建在一块农田上，我的曾外公把它拆毁后建了这幢丑陋的房子。"

他接着说道："外公的许多收藏品都在这间仓库里，都是些他年轻时从国外寄回来的东西，大部分都很丑。长仓库有时被用来举办惠斯特牌戏比赛之类的活动，还有妇女协会的活动和一些

[①] 原文为 Good-oh，模仿的是澳洲的口音。

保守艺术品的销售,去看看吧。"

露西很乐意跟过去。

仓库的门很大,是用橡树做的,门上有很多钉子。

亚历山大抬起手来,在门的右上方被常青藤遮盖的钉子上拿到一把钥匙,插入门锁,一转,推开门,他们走了进去。

进去后,露西的第一感觉是,这是间不值得一看的博物馆。两座大理石材质的罗马皇帝人像,突出的眼球总是瞪着她。一具希腊罗马式的巨大石棺,看起来有些老旧。一座立于基座上的维纳斯雕像,带着不自然的笑容,正抓着自己掉落的衣服。除了这些艺术品,还有几张支架台,几把折叠椅和一些杂七杂八的东西,生锈的手动除草机,两个桶,十来把被蛀虫侵蚀的汽车椅子,一把掉了一只脚的铁制绿色园林凳。

"我觉得我看到油漆了,在那儿。"亚历山大有些含糊地说。他走到仓库的一个角落,掀开了盖在上面的一层破旧不堪的窗帘。

他们找到了两三罐油漆和两三把油漆刷,刷子有些干硬。

"你们还需要一些松脂。"露西补充道。

但他们找不到松脂。两个小孩建议骑车去买一些,露西让他们立刻去。她想,给钟面式高尔夫球上色能让他们开心一会儿。

两个孩子朝仓库外走了出去。

"这儿真该清理清理了。"她小声说道。

"用不着管,"亚历山大给出了他的意见,"如果要用的话,就会打扫干净的,但实际上每年的这个时候都没用过。"

"我还是把钥匙挂在门外吗?那儿是放钥匙的地方吗?"

"嗯,你也看到了,这儿没什么好偷的,没人会要这些其貌不扬的大理石玩意儿,再说了,他们加起来足有一吨重。"

露西和他的想法差不多。在艺术品位上，她很难认同老克瑞肯索普，他好像有种一以贯之的本能，不管是哪个时期，挑的都是最差的作品。

在他们俩离开后，她扫视了仓库四周，她的目光最后落在了石棺上，凝视了一会儿。

那具石棺……

仓库中的空气有点儿浑浊，像是很久没有透过气了。她径直朝石棺走去，石棺的盖子很重，整具石棺严丝合缝，露西看着它，眼神中露出疑色。

她走出仓库，回到厨房里找到了一根撬棍，接着又回了仓库。

撬开石棺不是件容易的事，露西费力地撬着。

慢慢地，棺盖在撬棍的作用下一点一点地抬了起来。

棺盖被抬到了一定高度，足够露西看清石棺里面的东西了……

第六章

1

几分钟后,露西走出了仓库,脸色有些苍白。她锁上门,把钥匙挂在之前的那根钉子上。

她快步朝马厩走去,把车开了出来,穿过庄园后的行车道,在街道尽头的邮政局把车停下来,朝电话亭走去,投入硬币,拨通了电话。

"请让马普尔小姐接电话。"

"这位小姐,她正在休息。你是爱斯伯罗小姐吧?"

"是的。"

"我不会去叫醒她的,小姐,就这样,她年纪大了,需要休息。"

"你一定要叫她,有急事。"

"我不会——"

"请照我说的做。"

有些时候,露西的声音可以迸发出钢铁般的力量,弗洛伦丝听到这种声音时感觉到一种不可抗拒的威严。

电话那头传来马普尔小姐的声音。

"有事吗,露西?"

露西深深地吸了一口气。

"你是对的,"她说,"我找到了。"

"女人的尸体?"

"嗯。一个穿毛皮外套的女人的尸体,藏在一具石头棺材里,就在房子附近的仓库,里面满是收藏品。你要我做什么?我觉得应该报警。"

"对,必须马上报警。"

"但其他的事怎么办?关于你?他们首先想知道的就是为什么我要无缘无故地撬起一个几吨重的棺盖,你要我编造一个理由吗?我可以编一个。"

"不需要,我觉得,嗯,"马普尔小姐答道,温柔的声音非常严肃,"你该做的就是说明实际情况。"

"关于你呢?"

"我也一样,所有的都一样,照实说。"

露西苍白的脸上露出一丝笑容。

"这就很简单了,"她说道,"但我想他们会觉得难以置信的!"

她挂了电话,想了一会儿,然后拨通了警察局的电话。

"我刚才在拉瑟福德庄园的长仓库的石棺里发现了一具尸体。"

"你说什么?"

露西把刚才的话重复了一遍,还报上了自己的名字,因为她料到了下个问题是什么。

她开着车返回拉瑟福德庄园,停好车后,走进了庄园。

她在大厅停留了一会儿,思考着接下来该怎么办。

然后,她点点头,幅度不大,但很有力量,朝书房走去,艾玛正坐在那儿跟老克瑞肯索普做《泰晤士报》上的纵横字谜。

"我可以和你说两句话吗,艾玛小姐?"

艾玛抬起头来,一脸的忧虑。露西想,这种表情都跟家务有关,一般能干的用人说这话就表示她们就要离开了。

"那,说吧,女孩,说吧。"老克瑞肯索普不耐烦地说道。

露西对艾玛说:

"我想跟你单独说两句。"

"荒谬,"老克瑞肯索普说道,"直接说。"

"就一会儿,爸爸。"艾玛起身朝房门走去。

"都是些废话,等会儿再说。"老人有些生气。

"恐怕等不及了。"露西答道。

老克瑞肯索普吼道:"没大没小!"

艾玛走出了房门,来到大厅里。露西关好了房门,紧随其后。

"可以说了吗?"艾玛问道,"什么事?如果你觉得这里的男孩太多了,我可以帮你——"

"不是这事,"露西解释道,"我不想在你父亲面前说是因为我知道他是一个病人,怕吓着他。跟你直说吧,我在仓库的大石棺里发现了一具女尸。"

艾玛看着露西,呆住了。

"石棺里?女尸?不可能的!"

"恐怕错不了,我已经报警了,他们马上就会过来了。"

艾玛的脸吓红了。

"在通知警察前——你应该先告诉我的。"

"十分抱歉。"露西答道。

"我没听见你打电话——"艾玛的目光移到了大厅桌子上的

那部电话上。

"我在房子后面那条路上的邮政局打的。"

"太令人费解了,为什么不从这儿打?"

露西的应变很机灵。

"如果我在这儿打电话的话——我怕男孩们在附近——可能听到。"

"我懂了……嗯……懂了……他们——来了?我指的是警察"

"已经到了。"露西说话时前门传来了一阵刺耳的汽车刹车声,接着,前门铃的声音在屋内响了起来。

2

"不好意思,实在不好意思——难为你了。"培根说。

他搀扶着艾玛走出了仓库。艾玛脸色煞白,看起来有些不舒服,但走路时腰板依然挺得很直。

"我非常肯定我之前从没见过这个女人。"

"艾玛小姐,非常感谢,我们要了解的就这些。你要不要回屋躺一躺?"

"我得去我父亲那儿,一听说这事我就给坎佩尔医生打了电话,他现在在我父亲那儿。"

他们穿过大厅时,坎佩尔从大书房走了出来。他个子很高,亲切、随性、愤世嫉俗的风格十分吸引他的患者。

他和督察互相点头示意。

"艾玛小姐很勇敢,在令人恶心的环境下配合了我们的工作。"培根说。

"好样的,艾玛。"坎佩尔拍了拍她的肩膀,"你是个承受力很强的孩子,我一直是这样认为的。你父亲一切正常,进去和他简单说两句话吧,再去餐厅喝一杯白兰地,保证你喝完之后恢复正常。"

艾玛高兴地冲他笑了笑,走进了大书房。"这种女人不多了,"坎佩尔看着她的背影说,"让人惋惜的是她还没结婚,这就是身为家里唯一的女人要承受的后果吧,另一个女儿很清楚这点,我记得她十七岁就结婚了。艾玛是个好女人,以后也肯定是个贤妻良母。"

"应该是太爱她父亲了吧。"培根说道。

"她并没有那么爱她父亲——但她有女人的本能,得让家里的男人高兴。她知道她父亲喜欢别人照顾,所以她就照顾着他,对她的哥哥们也一样,她会让塞德里克觉得他是个好的画家,会让那个叫什么名字来着——哈罗德——知道她很依仗他英明的决定——会让阿尔弗雷德知道他滑头的交易把她给吓了一跳,对,她是个聪明的女人——一点都不傻。对了,需要帮忙吗?要不要我看看尸体,约翰斯通(警察局的法医)已经检验完了?看看是不是我的医疗事故?"

"坎佩尔医生,我正有此意,我们要确认她的身份,请克瑞肯索普老先生去是不是不太合适?他受不了吧?"

"受不了?无稽之谈!如果你不让他看一眼的话,他不会原谅你我的。他是个喜欢凑热闹的人,大概有快十五年没见过这么刺激的事了,而且一分钱也不用花!"

"那他的身体没什么大问题了?"

"他七十二岁了,"坎佩尔说道,"这就是他唯一的问题。他有风湿性疼痛——这个年纪谁没有呢?但他称它为关节炎,他饭后有心悸的症状——他也会把这些归为心脏疾病,但他什么事都能做。我有很多这样的病人，那些有病的反而常说自己没病。走吧，去看看你们发现的尸体，气味肯定很难闻吧？"

"约翰斯通估计她是两至三周前被杀的。"

"那更恶心了。"

坎佩尔站到石棺旁边，好奇心占了上风，由于本身工作的原因，面对那种难闻的气味，他没有后退半步。

"从没见过，不是我的病人，也没在布拉克汉普顿见过她，她生前一定很漂亮——一定有人对她图谋不轨。"

他们走出了仓库，坎佩尔看着这幢建筑。

"在这个，他们怎么称呼这地方的——长仓库——的石棺里发现的？真是不可思议！谁发现的？"

"爱斯伯罗小姐。"

"哦，就是那个才来家里做事的女人？她这是干什么呢，在石棺里找东西？"

"这个，"培根严肃地答道，"我等会儿就要去问。那，克瑞肯索普老先生，你能不能——"

"我带他来。"

老克瑞肯索普严严实实裹了几条围巾，步子比较轻快，坎佩尔跟在他身边。

"成何体统，"他说道，"成何体统！这个石棺，我是从佛罗伦萨买回来的——应该是一九〇八年？还是一九〇九年？"

"平复一下心情，"坎佩尔提醒他，"现场很恶心。"

"不管身体状况如何，我都要尽我的义务，不是吗？"

只是去仓库里辨认一下尸体原本是件简单的事，他们却好像在里面待了很长时间，老克瑞肯索普快步从里面走了出来。

"没见过！"他说，"这算怎么回事？实在太不得体了。我记起来了——不是佛罗伦萨——是那不勒斯，非常精美的艺术品。这个蠢女人居然会跑过来，让自己死在里面！"

他捏紧了左边的外套。

"我的心脏……受不了……医生，艾玛在哪儿……"

坎佩尔挽着他。

"你等一会儿会舒服些的，"他说，"我给她开了点'兴奋剂'——白兰地。"

他们一同朝庄园走去。

"先生，求你了，先生。"

培根转过头去。两个骑着单车的男孩气喘吁吁的。脸上写满了渴望。

"先生，求你了，可以让我们看看尸体吗？"

"不行。"培根答道。

"先生，求你了，先生，你也许永远不知道她是谁，我们可能会知道，求你了，通融一下吧，不公平啊，有凶杀案，还是在我外公家的仓库，很难再有这样的机会了，先生，通融一下吧。"

"你们是谁？"

"我是亚历山大·伊斯特里，这位是詹姆斯·斯托塔德·韦斯特。"

"你们在这附近见过一个穿浅色松鼠毛外套，金色头发的女人吗？"

"呃，我记不太清了，"亚历山大机灵地说道，"如果你让我看一眼的话——"

"桑德斯，带他们进去，"培根对守在长仓库门口的警察说道，"童年也只有一次。"

"好的，谢谢你，先生，"两个孩子大声说道，"你人真好。"

培根转过头来看着庄园。

"是时候,"他坚定地对自己说道,"该见见露西·爱斯伯罗小姐了。"

3

露西把警察带到了长仓库,对自己的行为做了简要说明后,便回到了自己该待的地方,当然,她也没认为警察不会再找她了。

她刚把炸薯条的土豆准备好,一位警察就过来说培根侦探要见她,她把一个装着土豆,盛满冷水和盐的大碗放到旁边,跟着警察到了督察等她的房间。她坐了下来,安静地等待着督察发问。

她说了自己的姓名、在伦敦的住址,又非常配合地说了句:

"如果你想了解我的全部情况,我可以给你一些人的名字和住址。"

她给出的名单都是身份显赫的人,海军元帅、牛津大学院长、女爵士,除了她,其他人的名字都让培根如雷贯耳。

"好,爱斯伯罗小姐,你去长仓库是去找油漆的,对不对?找到油漆后,你拿着一根撬棍撬开了石棺,发现了尸体,你在石棺里找什么呢?"

"找尸体。"露西说。

"找尸体——还找到了!这事有点非同寻常吧?"

"嗯,确实,是件非同寻常的事。也许你能听我解释解释。"

"你最好说明一下。"

露西简明扼要地把事情讲了一遍,说明了这个非同寻常的发现是怎么来的。

侦探用很愤怒的声音总结道。

"你在一个老太太的指示下在这儿找了份工作，然后在庄园内外找一具尸体？对不对？"

"嗯。"

"那个老太太是谁？"

"简·马普尔小姐女士，现在住麦迪逊路四号。"

培根记了下来。

"你相信我的话吗？"

"现在我谁也不会说，"他说，"你刚才说的事我还没有确认，可能这些都是你自己编的。"

露西平心静气地答道。

"也许在你见过马普尔小姐，得到她的确认之后，你会相信的。"

"和你谈过之后，我会找她的，肯定是个疯子。"

露西原本想指出即使证实是真的，也不能说明马普尔小姐精神有问题，但她没这样说，而是问道：

"你打算跟艾玛小姐怎么说，就是，关于我的部分？"

"为什么问这个？"

"是这样的，马普尔小姐关心的是我是否完成了工作。我已经找到了她要找的尸体，但艾玛小姐仍然是我的雇主，现在家里还有两个饿着肚子的男孩，而且这事发生后，这家的其他成员应该也会马上回来，她需要一个帮手。如果你告诉她我做这份工作只是为了找尸体，她可能会让我立刻走人，但如果你不这样说，那我可以继续我的工作，给她一些帮助。"

培根眼睛完全不眨地看着她。

露西起身了。

"谢谢,那我回厨房继续做我的事了。"

第七章

1

"我们最好请苏格兰场的人来协助查案,你是这样想的吧,培根?"

郡警察局局长看着培根,等待他的回答。他非常魁梧,不露声色——一副阅尽人间百态,深谙人性黑暗的神情。

"局长,这个女人并不是本地人,"他说道,"从她的内衣看——我们有理由认定——她可能是外地人,"培根的语速有些急,"我暂时不会跟任何人透漏这个消息,死因审判之前,我们先把这个消息封锁起来。"

局长点点头。

"死因审判应该是形式大于内容吧?"

"是的,局长,我已经见过验尸官了。"

"死因审判定在——什么时候?"

"明天。我知道克瑞肯索普家族的其他人都会参加,有可能他们中的某一个人能认出她。他们都会来的。"

他看了看手中的名单。

"哈罗德·克瑞肯索普,城里有头有脸的人——听说是个有地位的人,阿尔弗雷德——不太清楚是干什么的,塞德里克——

这就是住在国外的那个,画画的!"这个词从培根口中说出来,满是不祥的意味。局长笑起来,胡子都跟着翘了起来。

"不管怎么说,没有证据证明克瑞肯索普家族和这起案件有关吧?"局长问道。

"除了尸体是在他们这儿发现的,"培根回答说,"当然这个家族里那个搞艺术的也有可能会认出她来。让我觉得奇怪是关于火车的说法,那个老太太说了很长一段,但不像是真的。"

"嗯,对,你已经见过这位女士了,这位叫——呃,"他看了看桌上的记事本,"马普尔小姐的女士?"

"是的,局长,她对于整件事确信无疑,她精神正常与否我不清楚,但她坚持自己的想法——关于她朋友所见到的和其他的。但她所说的,我敢打包票是虚幻的——那种老太太编造的事,像花园的地上有漂浮的茶托,公共图书馆里有俄罗斯间谍之类的。但是有一点很明确,她确实雇了这个年轻的女人,克瑞肯索普的家务女佣,让她去找一具尸体——那个女人也确实去找了。"

"还找到了,"局长接了他的话,"这真是一件不同寻常的事。马普尔小姐,简·马普尔小姐——不知怎么的,这个名字听起来有点耳熟……暂且不说这个了,我现在回警察局。我觉得你的判断是正确的,这并不是一件本地人被杀的案件——当然我们还不能公布这个消息。暂时跟报社先透露些不重要的信息。"

2

死因审判完全是形式化的,没有人上前去辨认死者的身份,露西被要求上交找到尸体的证据,医学鉴定死因为——勒杀,被告尚无线索。

那天寒风凛冽,死因审判刚刚在大厅里结束,克瑞肯索普家族的人从里面走了出来。其中有五个人的名字露西都听说过,艾玛、塞德里克、哈罗德、阿尔弗雷德、已经去世的伊迪斯的丈夫,布莱恩·伊斯特利,还有温博恩先生,他是为克瑞肯索普家处理法律事务的律师事务所的大股东,他在百忙之中抽出时间,专程从伦敦来参加这次死因审判。他们瑟瑟发抖地在人行道上站了好一会儿,周围挤满了人,伦敦和本地的报社都对"石棺女尸"的细节进行了详细报道。

周遭的人们都在小声说:"就是他们……"

艾玛提高嗓门说道:"我们走吧。"

一辆租来的加长型戴姆勒轿车停在路边,艾玛坐了进去并叫上了露西,温博恩、塞德里克和哈罗德紧随着坐了进来,布莱恩·伊斯特利说:"阿尔弗雷德坐我的那辆小车。"司机关上门,准备开动了。

"哦,等等!"艾玛大声说道,"还有两个孩子。"

之前这两个孩子又吵又闹地想去看死因审判,最后还是被留在拉瑟福德房子的大厅里,但他们现在笑得合不拢嘴。

"我们是骑自行车过来的,"韦斯特说,"警察叔叔人非常好,让我们从大厅后面进来的。希望你别介意,艾玛小姐。"他毕恭毕敬地说。

"她不会介意的,"塞得里克立刻替他妹妹答道,"每个人只有一次童年。我猜,这是你们第一次看死因审判吧?"

"有些失望,"亚历山大说,"结束得太快了。"

"不能在这儿闲聊了,"哈罗德有点不耐烦了,"这里人很多,手里还都有照相机。"

他做了一个出发的手势,司机立刻开动了汽车。孩子们开心地挥手道别。

"结束得太快了!"塞德里克说,"无忧无虑的孩子们,只有他们会这么想!才开始呢。"

"太倒霉了,没碰过更倒霉的事,"哈罗德说道,"我想——"

他看着温博恩,温博恩双唇紧闭,摇摇头,对这件事情也感到十分不悦。

"我希望,"他言简意赅地说,"整件事能够快速完满地了结,警方的办事效率还是很高的,但正如哈罗德所说的,这件事是挺倒霉的。"

他说话的时候看着露西,眼神明显带着不满。"如果不是这个女人,"他的眼神好像在说,"闲着没事去撬东西——什么事都不会有。"

这种想法,被哈罗德说了出来。

"对了——呃——爱斯——呃——伯罗小姐,你为什么会打开石棺看呢?"

露西一直在好奇这家人什么时候会想到这个问题,她知道警察会第一个问这个问题,但他们现在才想到这个问题,让她觉得有点不可思议。

塞德里克,艾玛,哈罗德,温博恩都看着她。

因为这个回答很重要,所以她早早就把答案准备好了。

"说真的,"她用略带迟疑的口吻说道,"我也不太清楚……我只是觉得那个地方需要好好打扫一下,我当时闻到了——"她又迟疑了一会儿,"一股非常奇怪、恶心的气味……"

连大家从恶心的画面中缓过神来的时间,她都估算得非常精确。

温博恩小声说道:"嗯,嗯,确实……法医说已经死了三个星期了……我觉得我们的心思都别放这上面了。"他对艾玛一笑,让她缓和一下变得苍白的脸色,"只要记着,"他说,"这个可怜的女人跟我们没有任何关系。"

"但这点你也并不肯定吧?"塞德里克问。

露西看着塞德里克,有了些兴趣,之前三兄弟的外貌差别已经引发了她的好奇心。塞德里克身材高大,长着一张粗糙沧桑的脸,一头蓬乱的黑发,一副玩世不恭的样子。他刚从机场赶过来时没有刮胡子,尽管在验尸前把胡子给刮了,但穿的还是刚来时的那身衣服,这好像是他仅有的衣服——一条老旧的法兰绒灰裤子,一件打了补丁、破旧不堪的宽松夹克,看起来就像是舞台上的波西米亚风格演员,他对自己的搭配十分满意。

他弟弟哈罗德则完全相反,是一家大公司的经理,一身典型的城里绅士的装扮。他身材魁梧,腰板很直,给人感觉很精神,一头深色头发,鬓角有点脱发,留着小胡子,着装一丝不苟,一套剪裁精致的黑色西装,搭配一条珍珠灰领带,十分得体。衣着完全符合他的身份——一个精明、成功的商业人士。

他用生硬的口气说:

"实话说,塞德里克,这是个多余的问题。"

"没明白我的意思吧?她死在我们的仓库,她来这儿干什么?"

温博恩咳嗽了一声,说道:

"可能是——呃——约会,我听说,当地人都知道钥匙挂在门外的钉子上。"

他的语气中透露出对这种做法的责难,这话说出来已经不用点名道姓了,艾玛抱歉地回答:

"这种习惯是战时留下的,当时是给防空队员用的,那儿有个小火炉,他们用来煮热可可。之后,因为那儿没什么别人觊觎的东西,我们就把钥匙挂那儿了,对妇女协会的人也方便些。如果我们放在屋内——当他们想要准备场地时,我们却没人给他们送钥匙,这种情况就比较尴尬了,家里只有些白天干活儿的女仆,没有全天的仆人……"

她的声音越来越小,像上了发条的玩偶一样,一个字一个字地解释着,她对这个原因一点都不感兴趣,她的心好像已经飘到别的地方去了。

塞德里克疑惑地瞥了她一眼。

"艾玛,你很忧虑。有什么事吗?"

哈罗德有些烦躁地问道:

"是吗,塞德里克,你能问问是什么事吗?"

"我刚问了。这样也是情有可原的,因为一个陌生的年轻女人在拉瑟福德庄园被杀了,"他的口吻很像维多利亚时代的戏剧演员,"艾玛肯定被吓到了——但艾玛一直是个理智的人——我不知道她现在为什么这么忧虑,哎,不管了,会适应的。"

"不是人人都像你一样,杀人案对于有些人而言,接受起来要困难些,"哈罗德用尖酸刻薄的语气说道,"马略卡岛上应该经常有人被杀吧——"

"伊比沙岛,不是马略卡岛。"

"一个样。"

"不一样——是两座完全不同的岛屿。"

哈罗德继续说道:

"我要说的是,跟暴躁的拉丁人生活在一起,杀人案在你看来可能是家常便饭,但在英国可不是这样,这在我们看来是很严肃的事。"他越说越来气,"还有,塞德里克,你穿成那样出席公开的死因审判——"

"我的衣服有什么问题?很舒服。"

"不得体。"

"好吧,再说了,我只带了这一套衣服。我匆匆忙忙赶回家跟家人一起处理这件事,所以没来得及整理我的行李箱。我是一个画家,衣服穿着舒适就好。"

"所以你还在画?"

"哈罗德,什么叫我还在画——"

温博恩先生摆出威严的架势,清了清嗓子。

"这种争吵毫无意义,"他责备道,"亲爱的艾玛,我想问问在我回伦敦之前,你们还有什么需要我处理的?"

他的责备起了作用,艾玛立刻回复道:

"非常感谢你能在百忙之中抽空过来。"

"不用谢。死因审判这种事,最好还是有个人能代表家族出面关注整个过程。我和督察约好了在家中面谈,我非常明白,这事给大家带来一些困扰,但情况很快就会明朗的。在我看来,整件事基本不存在疑点,艾玛刚才说了,只有周围的人才知道长仓库的钥匙是挂在外面的,因此很有可能,这个地方在冬季成了情侣约会的地方,肯定是情侣间发生了口角,年轻男人没控制住自己,杀人之后备感恐慌,看到了石棺,想到它可能是藏匿尸体最好的地方。"

露西想着:"嗯,这听起来有可能,大家可能都是这么认为的吧。"

塞德里克说:"你说是本地情侣——但周围的人都不认识这个女人。"

"毕竟尸体才发现几天,不过应该用不了多久女人的身份就会被确认了。而且有可能,那个男人就是周围的居民,但这个女人可能是其他地区的,可能来自布拉克汉普顿,布拉克汉普顿很大——近二十年来也发展得很迅速。"

"如果我是个女孩,来跟我的男人约会,要我大老远地去寒冷的仓库,我可受不了,"塞德里克不同意他的想法,"我更愿意两人搂着看场电影,对吗,爱斯伯罗小姐?"

"我们真的要把所有情况都讨论一遍吗?"哈罗德闷闷地问道。

你一言,我一语中,汽车停在拉瑟福德庄园的门口。大家都下了车。

第八章

1

温博恩一走进大书房,就眯了眯眼,那双阅人无数的老眼看到了培根(他们已经碰过面了)身后这位长相英俊的金发男人。

培根做起了介绍。

"这位是来自苏格兰场的督察,克拉多克。"他介绍道。

"苏格兰场——嗯。"温博恩抬了抬眉。

德莫特·克拉多克,彬彬有礼,毫不拘束,立刻交谈了起来。

"温博恩先生,我们是被派来协助查案的。"他说道,"因为你是代表克瑞肯索普家族的,我觉得有必要给你透露些内部消息。"

克拉多克演技超群,只说了一点点真话,却让你相信他说的全都是真话。

"我相信,培根督察会同意的。"他看着培根,接着说。

培根同意了,跟往常一样严肃,丝毫看不出已经了解了所有的安排。

"情况是这样的,"克拉多克说,"从我们掌握的情况来看,我们有证据能确定这名死者并不是本地人,她是从伦敦来的,最近刚回国,可能刚从法国回来——不过我们也不太确定。"

温博恩又抬了抬眉。

"这样，"他说道，"这样？"

"正是如此，"培根解释道，"局长觉得苏格兰场更适合来调查此事。"

"我只能期待着，"温博恩说道，"这件案子能很快了结。你们肯定都注意到了，这件事给这个家庭带来了很多烦扰，尽管家族中没人跟这件事有关，但他们——"

他突然顿了一秒钟，克拉多克立刻把话接了过来。

"家里发现一具死尸不是件好事，我十分理解。现在我想跟家里每个人简单地聊几句——"

"我不明白这——"

"想不到他们能告诉我什么？也许什么都没有——但谁也说不准。但至少我想跟你了解的信息都是从他们口中得知的，关于这幢房子和这个家族的。"

"但这和一位来自外国、与我们素不相识的年轻女人在这儿被杀能有什么关系？"

"嗯，正是我想问的，"克拉多克说，"她为什么来这儿？以前是不是和这庄园有联系？比如说，她是不是曾经在这儿做过用人或是夫人的贴身女仆，又或者是来这儿见这房子之前的主人的？"

温博恩冷淡地答道，自约西亚·克瑞肯索普在一八八四年建好这座庄园后，克瑞肯索普家族就一直是这儿的主人。

"这事让人挺感兴趣的，"克拉多克说，"你是否能给我讲一讲这个家族的历史——"

温博恩耸了耸肩。

"没什么好说的，约西亚·克瑞肯索普以前是一个制造商，生产甜点饼干、开胃小菜和腌制食品，他攒了很大一笔钱，建了这幢房子，住在这儿的是卢瑟·克瑞肯索普，他的大儿子。"

"就这一个儿子？"

"还有一个儿子，亨利，一九一一年死于一起机动车交通事故。"

"现在这位克瑞肯索普先生没想过卖掉这幢庄园？"

"他不能这样做，"温博恩冷冰冰地答道，"根据他父亲的遗嘱。"

"你可以透露一下这份遗嘱的内容吗？"

"为什么要告诉你？"

克拉多克脸上露出了笑容。

"因为如果有必要的话，我可以自己去萨默塞特宫查。"

温博恩不情愿地露出一丝干笑。

"好吧，督察，我不愿意说是因为这些信息跟本案没什么关联。约西亚·克瑞肯索普的遗嘱并没有什么神秘的地方，他留了一笔数目可观的钱交由信托管理，其所得收益，在卢瑟在世时归他所有，卢瑟死后，这笔钱均分给卢瑟的子女——埃德蒙德、塞德里克、哈罗德、阿尔弗雷德、艾玛和伊迪斯。埃德蒙德在战争中阵亡了，伊迪斯也在四年前过世了，所以卢瑟·克瑞肯索普死后，这笔钱将由塞德里克、哈罗德、阿尔弗雷德、艾玛和伊迪斯的儿子亚历山大·伊斯特里平分。"

"这套庄园呢？"

"根据遗嘱，归卢瑟在世的年纪最大的儿子，或者卢瑟自己确定继承者。"

"埃德蒙德结婚了吗？"

"没有。"

"所以房产实际上归——"

"次子——塞德里克。"

"克瑞肯索普老先生自己不能处理房产吗?"

"不能。"

"他对资产没有支配权。"

"没有。"

"我觉得,这有些不正常?"克拉多克敏锐地察觉到了一些问题,"他父亲不喜欢他。"

"你的猜测是正确的,"温博恩说,"老约西亚因为他的大儿子对家族生意——对商业没有一点兴趣而感到失望,卢瑟花了很多时间在国外旅行,收集艺术品,老约西亚对那种东西一点都不感兴趣,所以他把钱放在信托里留给孙辈。"

"但同时孙辈没有任何收入,除非他们自己赚,或者他们的父亲给,而他们父亲有一笔可观的收入,却无权处理资产。"

"正是如此,但我想不出这和一个外来年轻女人被杀有什么关联。"

"好像一点关联也没有,"克拉多克急忙答道,表示认同他的说法,"我只是不想遗漏任何一个细节。"

温博恩专注地看着他,看起来对这次谈话很满意,于是从座位上起身。

"如果没有其他想问的,"他问道,"我准备回伦敦了。"

他看了看克拉多克和培根。

"就这些,谢谢你,先生。"

大厅内传来了一阵嘹亮的锣声,示意午餐已经准备好了。

"哎呀,"温博恩说,"一定是哪个男孩在表演敲锣。"

为了让自己的声音不被盖住,克拉多克提高音量说道:

"午餐时我们就不打扰了,但培根和我下午还会过来的——

和家族的每个人简单谈两句——大概在下午两点十五分。"

"一定要每个人都谈吗？"

"呃……"克拉多克耸了耸肩,"这是一个很难得的机会,也许有人能记起一些东西,为我们确定这个女孩的身份提供一些线索。"

"督察,对于这一点我深感怀疑,不过祝你好运,就像我刚说的,这事结束得越早,对大家越好。"

他一边摇着头,一边缓步走出了房间。

2

死因审判一结束,露西便立刻赶回厨房,准备中午的饭菜。这时,布莱恩把头探了进来。

"需要帮忙吗？"他问道,"我干家务活儿可是一把好手。"

露西有些忙,只是匆匆忙忙地看了他一眼。布莱恩是开着他的名爵汽车直接去死因审判现场的,而露西当时并没有时间留意他。

这匆忙的一眼,却让露西有了好感。布莱恩是位三十几岁的青年人,面相和善,棕色头发,一双忧郁的蓝色眼睛,胡子很密却很整齐。

"孩子们还没有回来,"他说着便走了进来,坐在餐桌上,"他们骑回来还得二十分钟。"

露西回以微笑。

"他们真是什么都不想错过。"

"不能怪他们。我的意思是——这是他们经历的第一次死因审判,对于这个家族也是一样。"

"不介意的话,你能从桌子上下来吗,伊斯特里先生?我想把烤碟放上去。"

布莱恩立刻从桌子上下来了。

"这油很烫,你准备往里面放什么?"

"约克郡布丁。"

"约克郡布丁既传统又美味,还有老英格兰烤牛肉,这是今天的菜单吗?"

"嗯。"

"实际上,就是丧礼时的烤肉,闻起来很可口。"他用鼻子闻了闻,看起来挺享受的,"不介意我尝一口吧?"

"如果你是来帮忙的就别闲着了,"她从烤箱里又抽出一个盘子,"这个——把土豆全部翻个面,把另外一面也烤烤……"

布莱恩欣然照做了。

"我们在参加死因审判的时候,这些东西就在烤箱里烤着了吗?可能都烤煳了吧。"

"不会,烤炉上有温度控制器。"

"是那种电子控制器?对吗?"

露西匆匆瞥了他一眼。

"差不多,把盘子放进烤箱,这儿,用这块布把盘子端进去。放进第二层——第一层我用来烤约克郡布丁。"

布莱恩照她说的做了,但是发出了一声尖叫。

"烫到了?"

"一点,不过没关系。烹饪真是件危险的事!"

"我看你从来没做过这事吧?"

"其实我做过——经常做,但不是这一类的。我能煮鸡蛋——只要没忘了看时间的话——我还可以做鸡蛋煎培根,我能把牛排放到烤肉架下,也能开一个汤罐头。我家里也有一个带这种电子控制的东西。"

"你住在伦敦?"

"是的,如果能称之为住的话。"

他的话语透出了些许失落。他见露西迅速地把约克郡布丁面糊塞进了烤箱。

"太有意思了。"他叹气道。

手头比较急的事都忙完了,她仔细地打量着他。

"什么有意思?这间厨房吗?"

"嗯,让我想起小时候家里的厨房。"

露西觉得布莱恩·伊斯特里身上有种说不清道不明的落寞。她更仔细地看了看他,发现他比第一眼看上去要老,差不多快四十岁了,很难把他和亚历山大的父亲这个身份联系起来。他让露西想起了很多战时认识的年轻飞行员,那时她才十四岁,当时的一切都记忆犹新,她继续着自己的生活,在战后的世界成长起来——而布莱恩,她觉得他一直无法走出那段岁月,任由时间的洪流在他身旁流过。他的下一句话证实了她的想法。

他又靠在餐桌旁。"活着并不容易,"他说道,"你觉得呢?我的意思是人要找准自己的定位,而我却没有接受过这方面的训练。"

露西想起了艾玛对自己说的话。

"你曾经是位战斗机飞行员,是吗?"露西问道,"获得过飞行优异十字勋章。"

"就是这东西让你们产生了误解,你获得过勋章,所以人们处处予你方便,给你安排一份工作什么的。他们都是好人,不过那都是些管理类工作,而我完全不擅长这类事,坐在桌子前被数字弄得晕头转向。我有想法，也试着做过，却得不到支持，找不到人走到我办公室来，把投资的钱放在桌上，如果我有一点点资金——"

他沉思了一会儿。

"你不认识艾迪①吧？她是我妻子。也对，你当然不认识，她跟这群人不一样，至少比他们年轻些，曾经在空军妇女辅助队工作。她经常说她父亲精神不正常，你应该知道，她爸爸嗜钱如命，好像死后钱都能带走似的，其实在他死后，资产都会被分割的，艾迪的那份给了亚历山大，这是顺理成章的，虽然他二十一岁前没法动用这笔资产。"

"不好意思，你能从桌子上下来吗？我准备把菜都端上去，要开始做肉汁了。"

这时，亚历山大和韦斯特回来了，满脸通红、气喘吁吁的。

"嘿，老爸，"亚历山大亲昵地打招呼，"原来你在这儿，这牛肉闻起来可真香啊，有约克郡布丁吗？"

"嗯。"

"我们学校的约克郡布丁可难吃了，又湿又软。"

"站开一些，"露西说，"我要做肉汁了。"

"多做点。我们可以拿两满碟吗？"

"可以。"

"太好了！②"韦斯特欢呼道，依然十分注意他的发音方式。

"白的我不太喜欢。"亚历山大有些着急地说。

"不会是白色的。"

"她是一个很棒的厨师。"亚历山大对他父亲说道。

---

①伊迪斯的昵称。
②此处是模仿澳洲英语的发音，原文为Good-oh！

露西一时间觉得他们俩的角色互换了,亚历山大就像一个慈爱的父亲,在和儿子说话。

"我们可以帮你吗,爱斯伯罗小姐?"韦斯特礼貌地问道。

"可以,亚历山大,你去把大锣敲响,韦斯特,你能把这个托盘端到餐厅吗?伊斯特里,你能把开饭的大肉块端过去吗?我端土豆和约克郡布丁。"

"有个苏格兰场的警官在这儿,"亚历山大说,"你觉得他会和我们一起共进午餐吗?"

"这得看你姨妈的安排了。"

"我觉得艾玛姨妈不会介意的……她非常热情好客,但哈罗德舅舅不喜欢这样,他一直对这起杀人案感到非常恼火。"亚历山大端着托盘走出了厨房,刚出厨房,他又扭过头来说道,"温博恩先生和苏格兰场的警官正在书房。但他不留下来吃午饭了,他说他要回伦敦。韦斯特,来吧,哦,他去敲锣了。"

一时间,锣声响彻整幢房子,韦斯特像一个艺术家,使尽全部的力气,所有的交谈都应声而止。

布莱恩端着大块的肉,露西端着蔬菜走在后面——放好蔬菜后又回到厨房拿了两满碟肉汁。

温博恩正站在大厅戴手套,此时艾玛快步从楼梯上走了下来。

"温博恩先生,真不留下吃午饭了吗?都准备好了。"

"不了,我在伦敦还有一个很重要的会议,火车上有餐车。"

"非常感谢你能够过来。"艾玛十分感激地说。

两位警官从书房里走了出来。

温博恩握住艾玛的手。

"亲爱的,没什么好担心的,"他说,"这位是督察,来自苏格兰场的克拉多克,现在负责这个案子。他下午两点十五分还会过来一趟,问大家一些情况,可能对他的调查有帮助。但正如刚才所说的,不要有什么担忧。"他朝克拉多克看去,"我可以把你刚才跟我说的话告诉艾玛小姐吗?"

"当然。"

"克拉多克督察刚才说,基本可以确定这并不是一起本地的杀人案,这个被害的女人来自伦敦,可能是一个外国人。"

艾玛急忙问道:

"外国人,法国人吗?"

温博恩的一番话原本是打算安慰艾玛的。他回头看了看。

克拉多克的注意力一下子从他身上转到了艾玛的脸上。

他不明白她怎么会猜这个女人是法国人,还有,这个想法为什么让她如此不安?

第九章

1

真正享受了露西做的这顿美味午餐的,只有两个男孩和塞德里克。塞德里克看起来丝毫没有受到这件让他回国的事件影响,他像是把整件事看成一个以死亡为主题的笑话。

露西注意到,弟弟哈罗德对哥哥塞德里克很反感,哈罗德把这事看成对克瑞肯索普家族的侮辱,十分愤怒,中午基本没吃什么。艾玛看起来有些忧虑,不太高兴,也没吃什么。阿尔弗雷德看起来像是陷入了沉思,没说几句话。他长得不错,一张清瘦的脸,皮肤有些黑,两眼靠得有些近。

午饭过后,两位警官过来了,礼貌地问他是不是能问塞德里克几句话。

克拉多克和颜悦色,态度十分友好。

"请坐,塞德里克先生,我知道你刚从巴利阿里群岛回来。你在那儿定居了吗?"

"在伊比沙岛住了六年,比起这个沉闷的国家,我更适合那儿。"

"你见到阳光的时间应该比我们多很多,"克拉多克用一种愉快的口吻说道,"我知道你不久之前刚回过家,准确地说是圣诞节,是什么让你不得不没过多久又回来了?"

塞德里克露齿一笑。

"我接到了妹妹艾玛发来的电报,家里以前从没发生过杀人案,我不想错过——所以我回来了。"

"你对犯罪学很感兴趣?"

"你不必用这么高深的词汇!我只是对犯罪小说很感兴趣——平常喜欢翻翻侦探小说之类的,家门口的杀人案,就像一生一次的机会。还有,我觉得艾玛很可怜,既要应付老头儿,又要面对警察,处理其他一些事——可能需要些帮助。"

"理解了,一方面是你喜欢冒险的性格,另一方面是家庭情感,让你赶了回来。虽然她另外两个哥哥也回来了——你妹妹一定对你满怀感激。"

"他们不是来安抚她的,"塞德里克说,"哈罗德很生气,身为一个身份显赫的城里人,跟一个可疑女人的杀人案扯上关系了,很丢面子。"

克拉多克轻轻地抬了抬眉。

"她是——一个可疑的女人?"

"呃,这一点你们最有发言权,就现在的情况看,是这样的。"

"我觉得你也许可以猜猜这个女人是谁?"

"督察,别开玩笑了,你已经知道了——不然你同事也应该告诉你了,我认不出她是谁。"

"我只是说猜猜,塞德里克先生。可能你之前从没见过这个女人——但可以猜猜她是谁。"

塞德里克摇了摇头。

"你找错人了,我压根儿猜不出来。我觉得你是在想,这个女人来长仓库是为了和我们其中一个人约会。但我们都不住在这儿,只有一个女人和一个老头儿住在这儿,你不会真认为她来这儿是为了和我亲爱的父亲约会吧?"

"培根督察和我都认为这个女人可能和这座庄园有一些关系,可能是很多年前的,回忆一下,塞德里克先生。"

塞德里克想了一会儿,还是摇摇头。

"我们和其他人家一样,经常有外国人来我家做事,但我想不出任何跟这起案件有何关联的事,你最好问其他人——他们知道的应该比我多。"

"其他人我们当然也会问的。"

克拉多克靠在椅子上,继续问道:

"死因审判的时候你也听到了,医学上无法很准确地确定死亡时间,死亡时间大概在两周到四周内——大概也就是在圣诞节的时候。你刚才跟我说你圣诞节回家了,那你是什么时候回国的,什么时候离开的?"

塞德里克想了想。

"让我想想……我是乘飞机,圣诞节前一周的周六到的——应该是二十一号。"

"直接从马略卡岛飞回国的吗?"

"是的,早上五点从那儿出发,中午到的。"

"离开的时间呢?"

"二十七号,回国第二周的周五。"

"谢谢。"

塞德里克又笑了笑。

"真不走运,刚好在她死亡的这段时间里。但督察,说实话,勒死一个年轻女人不是我喜欢的圣诞娱乐方式。"

"我也希望如此。"

培根看起来并不赞同他的回答。

"这种行为真是满怀恶意,心无善念啊,你说呢?"

塞德里克向培根抛出了这个问题,但培根只是咕哝了几句。克拉多克礼貌地说道:

"嗯,谢谢你,塞德里克先生,我们要问的就是这些。"

"你怎么看他?"塞德里克关上门后,克拉多克问道。

培根又咕哝了起来。

"自以为是,"他回答说,"我不喜欢这种人。这些搞艺术的,都是群生活散漫的人,很容易跟一个声誉不好的女人厮混在一起。"

克拉多克微微一笑。

"他的衣着我也不喜欢,"培根继续说着,"一点都不尊重人——死因审判的时候也是如此,穿着一条脏兮兮的裤子,是我这段时间见过的最脏的一条裤子,看到他的领带了吗?就像是彩条做的。如果你问我凶手是谁,他就是那种可能无缘无故勒死一个女人、还毫不掩饰的人。"

"但人不是他杀的——如果他二十一号才离开马略卡群岛,时间我们核实起来并不困难。"

培根有所疑问地看了他一眼。

"我注意到了,关于死亡的具体时间,你并没有很明确地说过。"

"嗯,这个我们暂且不说,侦破的初期,我总是要有所保留的。"

培根相当赞同地点点头。

"时机适合的时候再说吧,"他说,"这是最好的计划。"

"现在,"克拉多克说,"我们要看看身份显赫的城里人怎么说了。"

哈罗德·克瑞肯索普闭着薄薄的嘴唇，没什么可说的。这事让他十分不悦——倒了大霉了，他怕，报纸……他知道记者已经安排采访了……所有的这些……最不该的是……

哈罗德断断续续地说完了。他靠在椅子上，看上去像是闻到了恶心的味道一样。

督察的调查没有结果。对，他不知道那个女人是谁或可能是谁，是，圣诞节期间他确实是在拉瑟福德庄园，节日当天才过来——但一直待到了第二周周末。

"那么，就这样吧。"克拉多克说，没有再深入问下去，他已经知道哈罗德不会提供什么有用的信息了。

他继续找阿尔弗雷德谈话。阿尔弗雷德一脸漠然，这起谋杀案在他看来就是小题大做。

克拉多克看着阿尔弗雷德，有种似曾相识的感觉。之前肯定在哪儿见过他，也许是在报纸上看过他的照片？总觉得他以前做过什么不光彩的事。克拉多克询问了他的工作，而阿尔弗雷德的回答有点含糊。

"我暂时靠社会保险生活。最近我对一件事很感兴趣——把一种新型的留声机投放市场，这是一台革命性的机器。事实上，这方面我很在行。"

克拉多克用很欣赏的眼光看着他——没人知道他正在打量阿尔弗雷德这套看起来很不错的西装，计算这套西装有多廉价。塞德里克的衣服不太得体，破旧不堪，但衣服本身的剪裁和用料都十分讲究。而阿尔弗雷德的这套却完全不同，看起来不错，实则廉价。克拉多克接着问了个常规问题，阿尔弗雷德看起来很感兴趣——甚至有点高兴。

"你们的假想不错,这个女人可能在这儿工作过,不过不是贴身女仆,我妹妹有没有请过贴身女仆我都不知道,我觉得现在没人雇这种用人了,但是,我们家有过很多非本国的用人,以前请过波兰人和一两个喜怒无常的德国人。可艾玛很肯定她不认识这个女人,那你们的这种假想就不成立了,督察,艾玛从不会记错人的长相。但,如果这个女人是从伦敦过来的……对了,是什么让你觉得她是从伦敦过来的?"

他非常自然地问出了这个问题,从他那双机灵的双眼看得出他很感兴趣。

克拉多克笑了笑,摇摇头。

阿尔弗雷德目光敏锐地看着他。

"不能告诉我吗?是口袋里的返程车票?"

"不排除这种可能性。"

"假设她是伦敦来的,那个她要见的人一定知道长仓库是一个用于秘密谋杀的好地方,很明显,他知道长仓库的情况。如果我是你,督察,我一定把他给找出来。"

"正在进行中。"克拉多克答道,发音干脆有力。

他向阿尔弗雷德表示了感谢,结束了他们的谈话。

"那个,"他对培根说道,"我之前在哪儿见过他。"

培根说出了他的看法。

"聪明的人,"他说,"但有时聪明反被聪明误。"

2

"我以为你们没想过要见我,"布莱恩走进了房间,在门口迟疑了一会儿,略带歉意地说道,"从严格意义上说,我不是这个家庭的成员——"

"我看看,你是布莱恩·伊斯特里,伊迪斯·克瑞肯索普小姐的丈夫,伊迪斯小姐五年前去世了?"

"是的。"

"嗯,非常感谢你,伊斯特里先生,如果你知道一些能协助我们办案的信息那就更好了。"

"但我不知道,要是我知道就好了。整件事太奇怪了,大冬天的,跑到一个又旧又透风的仓库里,就为了见个人,换我可不会这么干的!"

"确实令人很费解。"克拉多克赞同地答道。

"她真的是外国人吗?大家都在传这个消息。"

"这能让你想到什么?"克拉多克机敏的双眼看着他,布莱恩看起来十分友好,目光却很茫然。

"什么都没想到。"

"她可能是法国人。"培根说道,语气透着深深的怀疑。

布莱恩稍微挪了挪,坐直了一些,蓝色的双眼中露出了一丝兴趣,摸着他那浓密的黄色小胡子。

"是吗?美丽的巴黎?"他摇了摇头,"整体来看就更不可能了,我指的是在仓库里缠绵。你没有遇到过其他的石棺杀人案,对吧?这家人当中有一个,怀着很强烈的欲望——或者说是一种变态心理?想想他如果是卡里古拉那样的人?"

克拉多克甚至都没想去否定他,他只是接着问了一个很常规的问题:

"你不知道家里有谁和法国有联系或者有法国亲戚吗?"

布莱恩说,克瑞肯索普家并不是一个美丽的地方。

"哈罗德结婚了,非常体面,"他接着说道,"娶了个长脸尖下巴的女人,一个穷贵族的女儿。不要以为阿尔弗雷德很在意女人——他的时间都花在做黑色交易上了,到最后一般都会出事。我可以很肯定地说,塞德里克在伊比沙岛上肯定有几个爱他爱得死去活来的女人,女人都比较喜欢塞德里克。他经常不修边幅,看起来也是胡子拉碴的。不明白为什么这样吸引女人,可很明显这就是事实——我,我还没帮上忙,对吧?"

说完,他笑了笑。

"还是让小亚历山大来做这份工作吧,他和斯托塔德努力地找寻证据,说不定他们真能找到些什么。"

克拉多克说他也希望如此。他谢过了布莱恩,并说想和艾玛谈谈。

3

相比其他人,克拉多克更加仔细地看着艾玛,他还想着吃饭前她脸上吃惊的表情。

一个平静如水的女人,没有超出常人的聪明,也没有多于常人的愚笨。一个让人觉得顺眼的女人,一个让男人重视的女人,能给房子添增一份惬意和安宁,把一幢房子变成一个家。克拉多克想,这,就是艾玛·克瑞肯索普。

这种女人一般都会被低估,她们安静的外表下隐藏着人格的力量,她们应该被认真对待。克拉多克想,解开石棺女尸谜底的线索藏在艾玛的心里。

克拉多克一边想着这些,一边问着许多无关紧要的问题。

"我想差不多该说的你都跟培根督察说了,"他说,"那我就问几个问题。"

"你请说。"

"温博恩先生跟你说过,我们已经确定这个女人不是本地人,这或许能减少你的担忧——好像温博恩先生是这么想的——但对我们来说却更困难了,她的身份更难被证实。"

"她没有其他东西吗?手提包?证件?"

克拉多克摇摇头,说:

"没有手提包,口袋里也没有东西。"

"你们不知道她的名字——从哪儿来的——什么都不知道吗?"

克拉多克想到:她想知道——非常急切——这个女人是谁。她总是这样急切吗?培根没跟我提起过这点,他可是个聪明人……

"关于她,我们什么都不知道,"他说,"这就是我希望你们能够帮我们的原因,你确定你认不出她?即使不认识——你能想想她可能会是谁吗?"

他觉得她在回答前似乎有一个小停顿,但这可能只是他的想象。

"什么都想不到。"她答道。

克拉多克的态度发生了小小的变化,声音生硬了一些,很难察觉。

"当温博恩先生告诉你这个女人是外国人时,你为什么肯定她是法国人?"

艾玛不慌不忙地微微挑了挑眉。

"有吗?哦,我记得我说过,真的不知道为什么——可能我在不知道一个人的国籍前都会猜他是法国人吧,我们国家的很多外国人都是从法国来的,不是吗?"

"我的答案是否定的,艾玛小姐,现在不是这样了,我们有来自不同国家的外国人,意大利人、德国人、奥地利人、斯堪的纳维亚国家的外国人——"

"哦,也许你是对的。"

"有其他原因让你认为这个女人是法国人吗?"

她并没有急着否认,而是想了一会儿,带着歉意摇摇头。

"没有,"她说,"没其他原因。"

她和克拉多克的目光交汇在一起,温和,一如往常,没有丝毫闪避。克拉多克朝培根看去。培根凑过身子,拿出了一个小瓷粉盒。

"艾玛小姐,你认识这个吗?"

她拿着粉盒,看了看。

"不认识,不是我的。"

"你能猜猜它是谁的吗?"

"猜不出。"

"那我们就先不打扰了。"

"谢谢。"

她对两位督察微微一笑,起身离开了房间。可能是他想多了,但他觉得她走得很快,像是解脱了一样。

"你觉得她知道些什么?"培根问。

克拉多克有些沮丧地说:

"有时候,你会觉得每个人都知道些,只是都不愿意说。"

"经常这样。"培根意味深长地说道,"只是,"他接着说,"一般跟发生的案件没什么联系,都是些人们不愿意外扬的家丑。"

"嗯,我知道,但,至少——"

房门推开了,克拉多克的话被打断了,老克瑞肯索普迈着缓慢的步伐走了进来，一副高傲的姿态。

"谈话的顺序真不错，苏格兰场的警官过来，居然不先和主人谈话，真是失礼！谁是这房子的主人，我想问问，回答我，谁是这儿的主人？"

"当然是你，克瑞肯索普先生，"克拉多克说道，想平复老克瑞肯索普的情绪，"我们了解到，你已经把知道的情况反映给了培根督察，你身体不太好，我们不敢太劳烦你。坎佩尔医生说——"

"我承认，我承认，我不是一个健壮的人……坎佩尔医生，和个上了年纪的女人一样——医术很好，也了解我的情况——让我这也不干，那也不干，对食物的要求总是很苛刻。在圣诞节时得了点小病也是这样——问我吃了什么，什么时候吃的，谁做的，谁服侍的，大惊小怪，真是大惊小怪。尽管我健康状况一般，但我还是能尽我所能地给你们提供些帮助。杀人案发生在我家——退一步说，也是在我的仓库！那仓库很有意思，伊丽莎白时代的，一个本地建筑师说不是那个时代的——但别人听不懂他说的，绝对是一五八〇年之前建的——这不是我们今天讨论的重点，你们想知道什么？你们现在的推断是什么？"

"现在说推断还为时过早。我们还在查那个女人的身份。"

"你们觉得，她是个外国人？"

"是的。"

"间谍？"

"应该不是。"

"应该——应该！这些人无处不在，都渗透进来了！内政部是怎么搞的，怎么让她混进来了。我敢说一定是为了窃取工业秘密，她就是干这个的。"

"在布拉克汉普顿?"

"这儿到处都是工厂,我家后门出去就有一家。"

克拉多克不解地看着培根,培根答道:

"做金属箱子的。"

"你怎么知道他们到底做什么?这些人不会说的。好,即使不是间谍,那你们认为她是谁?觉得和我的宝贝儿子有关系?如果是这样,一定是阿尔弗雷德了,不会是哈罗德,他太谨慎了,而塞德里克不在国内。没错,她是阿尔弗雷德的女人。某个残暴的家伙尾随她至此,认为她是来和阿尔弗雷德见面的,然后在仓库里把她给杀了。这种假想怎么样?"

克拉多克以官方的口吻答道,这肯定也是一种可能,但阿尔弗雷德先生他说不认识那个女人。

"呸!就是害怕!阿尔弗雷德一直是个懦夫。他是个骗子,记住,他从来不说真话,把自己藏在那层皮后面。我的几个儿子都不是好东西,一群觅食的秃鹰,等着我死,这就是他们真正的职业。"他笑出声来,"那他们可以等,我不会为了便宜他们去死!嗯,我能告诉你们的就这些……我累了,休息去了。"

他拖着那双不灵便的腿,慢慢地走出了房间。

"阿尔弗雷德的女人?"培根有些不解地说,"在我看来,这是那个老头儿编出来的。"他迟疑了一会儿,"我个人认为阿尔弗雷德没有问题,尽管他可能有些狡诈,但不是我们要关注的对象。你应该注意一下——我刚才还在考虑在空军服役过的那家伙。"

"布莱恩·伊斯特里?"

"嗯,我以前见过一两个他这样的人,用你的话说,他们是茫然的——过早地经历过了艰险,生死之战的刺激,他们觉得现在的生活乏味，既乏味又不满。某种程度上说，他们遭受了不公平的待遇。尽管我对这种情况无能为力，但他们可以说只有过去辉煌的记忆，却看不到未来。他们这种人不怕冒险——一般人会本能地选择稳妥，这更多是出于性格上的谨慎而不是道德层面。

"但他们这群人不怕——稳妥不是他们字典中的词汇。如果伊斯特里和一个女人发生了争执，想要杀了她……"他停了一下，伸出一只手，表示不太明白，"但为什么要杀了她？如果你真的杀了一个女人，为什么把她藏在岳父的石棺里？不对，如果你这样问我，这群人都和这起谋杀案没有太大的关系。如果有关系，他们犯不着拿石头砸自己的脚，把尸体藏在自己家里。"

克拉多克点点头，也认为这很难成立。

"这儿还有什么事吗？"

克拉多克回答说没有。

培根提议回布拉克汉普顿喝杯茶——但克拉多克说他要去拜访一位老相识。

第十章

1

马普尔小姐坐得笔直,高兴地对克拉多克露出了笑容。她身后是瓷器小狗和玛吉特送来的礼物。

"我很高兴,"她说,"你被调过来接手这个案子,我非常希望这次由你来查。"

"我一收到你的来信,"克拉多克说,"就带着信件去找副局长了,那时候他也刚接到布拉克汉普顿警察局的来信,于是让我们协助破案,他们好像认为这不是一起本地的谋杀案,我跟副局长说了关于你的情况,他很感兴趣。他听说过你,我猜是从我教父那儿听来的。"

"亲爱的亨利爵士。"马普尔小姐怀着感情默念道。

"他让我讲了小围场命案,你想听听他是怎么说的吗?"

"如果不涉及机密的话,就请说吧。"

"他说:'嗯,这事听起来不可思议,完全是一群老太太推理出来的,在这么多推测中证明了自己是对的。既然你认识她们中的一个,那就由你去接管这个案子吧。'就这样,我就被派过来了!那现在,亲爱的马普尔小姐,我们从哪儿开始呢?这可能不是你所期待的一次正式拜访,我没有带随从。我觉得我们俩应该先私底下交流一次。"

马普尔小姐对他笑了笑。

"我肯定,"她说道,"凡是在正式场合见过你的,都想不到你私底下会如此有人情味,而且更加的帅气——别脸红……说正事,现在你都了解了些什么?"

"我觉得该了解的都了解了。我们查阅了你朋友,麦吉利卡迪夫人,在圣玛丽米德报案时的谈话记录,也从列车检票员那儿得到了证实,还有她留给布拉克汉普顿车站长的便条,可以说当时所有相关人员——铁路工作人员和警察的调查工作都做了,但无疑,你比他们聪明,因为你做出了一个大胆的假设。"

"不是假设,"马普尔小姐回答,"我有一个巨大的优势,我对伊丽莎白·麦吉利卡迪非常熟悉,没人比我更了解她。她所说的事情没有其他证据,而且如果没人报警说有女人失踪的话,他们自然会觉得这是一个上了年纪的女人的想象——老年妇女经常会有幻觉——但麦吉利卡迪夫人不会。"

"确实如此,"克拉多克赞同地答道,"我很想见见她。如果她没去锡兰该有多好。对了,我们派了人去她那儿,要问她几个问题。"

"我的推理方式并不是我独创的,"马普尔小姐说,"全部在马克·吐温的小说里。那个找到马的小男孩儿,他只是把自己想象成一匹马,想象自己会往哪儿去,然后走到那个地方,便找到了那匹马。"

"你把自己想象成一个残忍冷血的杀人犯吗?"克拉多克若有所思地看着马普尔小姐微红的脸庞,"你的脑子,真的——"

"像一个水槽,我的外甥雷蒙德常这么说,"马普尔小姐立刻点了点头,表示认同,"但我经常对他说,水槽是家庭必不可少的东西,实际上是很干净的。"

"你能接着想下去吗,把自己想象成凶手,那他现在在哪儿?"马普尔小姐叹了口气。

"我也想知道,可是我想不到——一点儿想法也没有。但他一定住在拉瑟福德庄园,或者对拉瑟福德庄园很熟悉。"

"这一点我跟你的观点一样。但这样范围就非常广了,有很多人在他们家做过女佣,妇女协会和防空监督员都知道长仓库和石棺,知道钥匙放在哪儿,当地人对长仓库也十分熟悉。住在附近的任何人都可能为了做自己的事进入长仓库。"

"嗯,确实,我相当明白你的难处。"

克拉多克说:"确定不了死者的身份,我们什么也做不了。"

"死者的身份确认起来并不简单吧?"

"迟早会确认的。我们已经在查阅所有与死者年纪和外貌相仿的失踪妇女的报告了,目前还没有得到相符的结果。法医鉴定死者年纪在三十五岁左右,身体健康,可能是一位已婚女性,育有至少一个孩子。她的皮毛大衣是在伦敦的一家成衣店买的,价格并不昂贵,过去三个月,这种大衣已经被卖出上百件,百分之六十的买主都是金发女性。没有售货员能通过照片认出这个女人,不过大衣的购买时间应该是在圣诞节前夕。死者身上的其他衣服的产地均在国外,大部分购置于巴黎,都没有英国洗衣店的标示。我们已经和巴黎警方取得了联系,他们正在帮我们查找相似女人的失踪信息。我相信,很快便会有亲属失踪或房客失踪的报案者,这只是时间问题。"

"那个粉盒没用吗?"

"只怕没什么用。这款粉盒在巴黎里沃利大街上有上百个商家销售,价格很便宜。多说一句,你找到它之后应该立刻交给警方,或者让爱斯伯罗小姐交给警方。"

马普尔小姐摇摇头。

"那时是不是发生了命案还不清楚,"她解释道,"如果一个年轻女人在练习高尔夫球时,在长草坪上拾到了一个不值几个钱的旧粉盒,她当然不会拿着直接去找警察。"马普尔小姐停了一会儿,语气坚定地说道,"我觉得更明智的做法是先找到尸体。"

克拉多克被马普尔小姐的话逗乐了。"你从没有怀疑过吗?还是相信一定会找到尸体?"

"我相信一定会找到,露西聪颖过人,而且很能干。"

"我也这么觉得!太能干了!把我都吓到了,男人都会不敢娶她了。"

"我不这样认为……现在你知道只有人中翘楚才能配得上她。"马普尔小姐沉思了一会儿,"她在拉瑟福德庄园做得如何?"

"据我的了解,整个家全都靠她来打理,饭菜她一人包办——确实如你所说。还有,他们并不知道她和你的关系,我们也会瞒着他们的。"

"她已经完成我交给她的工作,不必继续听命于我了。"

"所以她想要走时,只要提前跟雇主打好招呼,就能走了?"

"嗯。"

"但她还待在那儿,为什么?"

"她也没告诉我缘由,她是一个聪明的女孩,我猜她是产生兴趣了。"

"对这起案子?还是这个家族?"

"都有吧,这两者本来就是有关联的。"马普尔小姐回答。

克拉多克目不转睛地看着马普尔小姐。

"别这样盯着我看了——天哪,别这样了。"

"你想到了什么?"

"我以为你有什么想法。"

马普尔小姐摇了摇头。

克拉多克叹了口气。"用我们的话,我能做的就只有——'彻查'了,警察的日子真无聊。"

"肯定会有结果的。"

"你可以给我提供些思路和更大胆的猜想吗?"

"我考虑过剧团,"马普尔小姐的口气不太肯定,"经常在不同的地方演出,都是在一些离家远的地方,这样的女孩失踪后没被发现的可能性更大些。"

"对,你说得有些道理,这方面我们会特别注意的。"他接着问道,"你刚才在想什么?"

"我刚才在想,"马普尔小姐说,"麦吉利卡迪夫人知道这消息后会是怎样的表情!"

2

"这!"麦吉利卡迪夫人说,"这!"

她已经词不达意了。眼前这位年轻人说话客气,长相英俊。他带着官方证明前来造访,她低头看着他递来的照片。

"就是她,"她说道,"对,就是她,不幸的孩子,哎,不得不说我很高兴你们找到了她。之前没人相信我说的一个字!无论是警察、铁路工作人员还是其他人,都不相信我,不被信任真叫人尴尬。不过,我已经做了能做的了。"

年轻人并没有吱声,只是感叹了一下,表达他的同情以及他对麦吉利卡迪夫人的欣赏。

"你刚才说在哪儿找到尸体的?"

"在拉瑟福德庄园的一间仓库里,离布拉克汉普顿很近。"

"没听过这个庄园,怎么在那儿?"

年轻人并没有回答。

"肯定是马普尔小姐找到的。我相信她。"

"尸体,"年轻人看了看记事本,答道,"是露西·爱斯伯罗小姐发现的。"

"不太熟悉这个名字,"麦吉利卡迪夫人回答,"我还是相信马普尔小姐一定参与了这件事。"

"麦吉利卡迪夫人,你能确定照片上的就是你在列车上见到的那个女人吗?"

"被男人勒着脖子的女人。嗯,确定。"

"可以描述一下那个男人吗?"

"个子挺高。"麦吉利卡迪夫人答道。

"嗯?"

"深色头发。"

"还有吗?"

"我就知道这些,"麦吉利卡迪夫人回答,"他背对着我。看不见他的脸。"

"如果你看到他,能认出来吗?"

"当然认不出!他背对着我。我没见过他的脸。"

"猜不出他的年纪吗?"

麦吉利卡迪夫人想了想。

"说真的,我不知道……他不年轻,这一点基本能肯定。他的肩膀看起来,嗯,有些僵硬,不知道你懂不懂我的意思。"年轻人点点头。

"三十往上吧,在往细里说我也拿不准了。当时我并没有看他,我的目光全聚焦在那个女人身上——一双手架在她的脖子上,脸完全是紫黑色的……我现在还时常梦到那个场景……"

"一定很难受。"年轻人同情地说道。

他合上笔记本,问了句:

"你什么时候回英国?"

"三个星期后。没什么事需要我到场,对吧?"

年轻人立刻安抚道:

"哦,没有,现在没什么需要你做的。当然,如果我们抓到了嫌疑犯——"

他们的谈话就这样结束了。

邮差送来了马普尔小姐的一封信。字迹细长,下笔力道很重,还重重地画了下画线。两人经常有书信来往,麦吉利卡迪夫人读马普尔小姐的信没任何困难。马普尔小姐把事情的经过都写在了信上,每个字都让麦吉利卡迪夫人感到极大的满足。

她和马普尔小姐证明了她们是对的!

第十一章

1

"我真的弄不懂你。"塞德里克说。

在久被弃置的猪舍里,他靠在一面已经退色的墙上,看着露西。

"什么弄不懂?"

"你在这儿干什么?"

"挣钱。"

"就靠做女仆?"他的口吻有些不屑。

"你的想法已经过时了,"露西解释着,"我是管家,是管理家务工作的专业人士,能做到对雇主的需求有求必应,这是最重要的。"

"你做的每一件事——做饭,整理床铺,嬉戏打闹什么的,把手伸进洗碗水里,让水漫至你的肘部,你不可能都喜欢。"

露西大笑起来。

"那些琐碎的事我不太喜欢。但烧菜能满足我喜欢创新的天性,而且我总是习惯把乱糟糟的房间整理好。"

"我住的地方永远都是一团糟,"塞德里克说,"我喜欢这样。"言语中有些不满。

"你的外表和你的风格很一致。"

"我在伊比沙岛的房子结构简单。屋里只有三个盘子,两套杯子和茶托,一张床,一张桌子,几把椅子。房里总是灰尘满地,还有颜料点儿和小石粒——除了画画我还做雕塑——不允许其他人碰我的东西。我绝不会让女人靠近我房子半步。"

"任何女人都不行?"

"你的意思是?"

"我在想,像你这样有艺术气息的男人应该会有感情生活。"

"感情生活也是我自己的事,"塞德里克一本正经地说道,"我受不了既爱整洁又爱管闲事的女人。"

"要是能去你家试试该多好,"露西感叹道,"一定很有挑战性!"

"你没机会的。"

"也对。"

猪舍的几块砖头掉了。塞德里克转过头来,看着这个长满荨麻的猪舍。

"亲爱的玛奇,"他说道,"我记得非常清楚。它是一头性格温和的母猪,产了很多猪仔。最后一窝有十七只猪仔。以前,天气好的时候,下午我们常会来这儿,用棍子挠她的后背。她很享受。"

"那现在怎么变成这个样子了?不仅仅是战争的原因吧?"

"我猜你是个很喜欢把事情理清楚的人。真是个爱管闲事的女人。难怪会是你发现尸体的!你是不会放着一具希腊罗马式的石棺不管的。"他停了片刻,继续说道,"对,战争只是其中一个原因,还有我父亲的原因。说到这儿,你是怎么看我父亲的?"

"我没时间去想这个问题。"

"别逃避这个话题。他吝啬得要命,在我看来有点儿疯魔了。当然,可能除了艾玛,他谁都不喜欢。这跟我祖父的遗嘱有关。"

露西有些不解。

"我的祖父是个了不起的人。最初做的是脆皮类食品、琥珀爆米花和酥脆的油炸食品,都是些下午茶的点心。后来,由于他的远见,又转而做起了奶酪和开胃菜,也才有了我们承办大型鸡尾酒会的资金。而那时,我父亲发现有比食品更让他感兴趣的事情,他去意大利旅游,然后是巴尔干半岛国家和希腊,并玩起了艺术。我祖父十分生气,他认为我父亲不是做生意的料,艺术品位也十分一般——他的判断都是正确的——所以他把钱放入了信托,留给孙辈。

"我父亲每个月都有生活费,但他不能动信托里的钱。你知道他是怎么做的吗?从那时起,他一分钱也不花了。住到这儿,开始存钱。我敢肯定他现在存下来的钱不比我祖父留下来的少。而现在,哈罗德、我、阿尔弗雷德和艾玛没有得到祖父的一分钱,我现在就是个穷得叮当响的画家,哈罗德做起了生意,成了市里边有头有脸的人物——他是个有商业头脑的人,尽管最近我也听到了传闻,说他在经济上遇到了些问题,而阿尔弗雷德——呃,我们几个都叫他闪电阿尔——"

"怎么说?"

"你想知道得可真多!因为他是一粒老鼠屎,坏了家族的名声。他虽然没有坐过牢,但也差不多了。战争时期,他在供应部工作,却突然辞了职,当时也是一片流言蜚语。他走之后,几笔罐装食品的采购有些解释不清,而鸡蛋也出现了问题。不是什么大问题——只是在几笔采购上谋了些私利。"

"对一个陌生人说这么多,是不是不太合适?"

"怎么？你是警察派来的卧底？"

"有可能。"

"我不这么认为。在警察怀疑我们之前，你就已经在我们家做事了。应该说——"

他的话被打断了，他妹妹艾玛从菜园的门口走了进来。

"嘿，艾玛？你看起来有些苦恼？"

"嗯，塞德里克，我想和你谈谈。"

"我得回屋了。"露西十分识趣地说道。

"别走，"塞德里克说，"谋杀案实际上已经让你成了我们家族的一分子。"

"我还有很多事没做，"露西回了句，"我出来是为了取些香芹。"

她急匆匆地走出了菜园。塞德里克目送着她。

"小姑娘长得真不错，"他问道，"她到底是谁？"

"哦，她是个名人，"艾玛回答着说，"她是家政服务方面的专家。先别管爱斯伯罗了，塞德里克，我非常焦虑。很明显，警方认为死者不是本国人，有可能是法国人。你不认为她有可能是——玛蒂娜？"

2

塞德里克有些不解地看着艾玛，过了一两秒钟，才反应过来，问道。

"玛蒂娜？你说的到底是——哦，你说玛蒂娜？"

"嗯，你怎么看——"

"怎么可能是玛蒂娜？"

"你只要想想，就会觉得她发电报那事很蹊跷，差不多是同一时间……你认为她有没有可能来过这儿，而且——"

"胡说。玛蒂娜为什么来这儿？为什么进长仓库？为什么？在我看来丝毫没有可能。"

"你觉得我是不是应该把这个告诉培根侦探——或是另一个侦探吗？"

"告诉他什么？"

"呃——关于玛蒂娜的事，关于她的那封信。"

"妹妹，扯出一些跟杀人案没有任何关联的事，你不怕把事情弄得更复杂吗？反正我是从没相信过玛蒂娜发来的那封电报。"

"我相信。"

"你总是相信那些不可能的事情，就像是一个大龄版的爱丽丝。我给你的建议是，老老实实地坐着，什么也别说。确定那个宝贝尸体的身份是警方的事。我相信换作哈罗德也会这么说的。"

"嗯，我知道他会这么说。阿尔弗雷德也会这么说。但我很焦虑，塞德里克，我真的很焦虑。我不知道该做什么。"

"什么都别做，"塞德里克急忙说道，"艾玛，一个字也别说。别没事找事，这是我的做事准则。"

艾玛叹了口气，缓步走回了房子，心里压着一块大石头，很难受。

她走到后行车道时，坎佩尔医生从房子走了出来，打开他的车门，那是辆老旧的奥斯汀汽车。看到艾玛时他迟疑了一会儿，关上车门，朝艾玛走了过去。

"那个，艾玛，"他说道，"你父亲身体状况不错，杀人案还挺适合他，这事为他的生活添了点儿乐子，我该跟更多的病人说这个办法。"

艾玛应付地笑了笑。善于察言观色的坎佩尔医生立刻察觉到了些什么。

"有什么不顺心的事？"他问道。

艾玛抬起头来看着他。坎佩尔医生友善，富有同情心，已经成了艾玛不可或缺的依靠。他已经成了一个可以依靠的朋友，不仅仅是一位家庭医生。他故意表现出来的直率也没能骗过艾玛——她看到了后面所隐藏的友善。

"我很焦虑，对。"她承认道。

"介意和我说说吗？如果介意就算了。"

"可以说，有些你已经知道了，现在的问题是我不知道该怎么办？"

"应该说你的判断通常都是正确的。困扰你的是什么？"

"你记得——你可能忘了——我曾经跟你说起过我的哥哥——那个死于战争的哥哥。"

"你指的是他已经娶了——还是想要娶——一位法国女孩？这类的事情？"

"是的。在我接到来信没多久之后，我哥哥阵亡了。我们从来没有听说过关于那个女孩的任何消息。实际上，我们所知道的只有她的教名。之后我们常常期待着她会过来或是给我们寄来一封书信，但是什么也没有等到。我们再也没有听到关于她的一点儿音信——直到一个月前，正好是圣诞节前夕。"

"我记得，你收到了一封来信，是吧？"

"嗯，来信说她在英国，想过来拜访我们。我把一切都安排好了，之后，在她要来的前一刻，她发来电报说因为一些始料不及的原因，她不得不返回法国。"

"嗯？"

"警方认为这名死者是法国人。"

"他们这样说?在我看来,她更像个英国人,但没人能认得出。那让你担心的是这名死者可能是你哥哥所爱的女孩?"

"对。"

"我觉得不大可能,"坎佩尔说,"但我能理解你的感受。"

"我在想我是不是应该告诉警方——这一切。塞德里克和其他人觉得没必要。你怎么看?"

"嗯,"坎佩尔抿了抿嘴,沉思了几秒钟,然后有些不情愿地说,"当然,如果你什么都不说,事情会简单很多。我能明白你的哥哥们对于这事的态度。但——"

"嗯?"

坎佩尔看着她,目光中透着一丝深情。

"如果是我,我就会说,"他说道,"如果你不说,你会一直这样焦虑的,我很了解你。"

艾玛的脸颊微微浮起一丝羞怯。

"可能我有点儿犯傻了吧。"

"做你想做的,不要管其他人的看法!不管何时何地,我都支持你的判断。"

第十二章

1

"小姑娘!你,小姑娘!过来。"

露西扭过头去,有些惊讶,老克瑞肯索普在房间里使劲儿朝她招手。

"你找我,先生?"

"别说那么多,先进来。"

老克瑞肯索普的手容不得她说不,他抓住露西的小臂,把她拉了进来,然后关上门。

"我想给你看些东西。"他说。

露西环顾了一周。这间屋子很小,明显是用来做书房的,同样显而易见的一点是这间书房已经很久没用了,桌上放着几堆满是灰尘的废纸,房间的四角也结满了蜘蛛网,空气中夹杂着湿气和霉味。

"你是让我清理这间房子吗?"露西问道。

老克瑞肯索普使劲摇摇头。

"不,不需要!我一直把这间屋子锁着,艾玛想进来看看,但我不让她进,这是我的房间。看见那些石头了吗?那是地质标本。"

露西看着那一套石头,有十二个或十四个,一些很平滑,一些很粗糙。

"很漂亮,"她礼貌地说道,"挺好玩的。"

"当然,这些石头很有意思,你是个聪明的女孩,我不是每个人都给看的,再给你看看其他东西。"

"谢谢你的好意,但我真的该继续干活儿了,房子里还有六个人等着——"

"把家里吃空吃尽……吃,这就是他们每次来这儿做的事情!吃饭也不付钱,一群吸血鬼!就等我死。好啊,我就是不死——我不会为了成全他们而死,我可比艾玛以为得强壮多了。"

"肯定的。"

"我也没她想得那么老,她认为我是一个老人,像老人一样对待我,你觉得我不老吧?"

"当然不觉得老。"露西回答。

"懂事的孩子,看看这个。"

他指向墙上挂着的一幅退了色的大图表,露西认为那是一幅族谱。有的地方做得很精细,需要用放大镜才能看清名字,而族谱顶端祖先的名字,用大号的大写字母书写,每个字母上画有一顶皇冠,透露出一股自豪感。

"我们是王室的后代,"老克瑞肯索普说道,"这是我母亲家的族谱,不是我父亲家的。我父亲是个庸俗的财主!一个普通平民!他不喜欢我,我比他出色,我继承了我母亲的优点,天生对艺术和古典建筑有品位——他对这些一窍不通——真是又老又笨又蠢。我对我母亲没一点儿印象——在我两岁时她就去世了,是她们家族中最后一个离世的,为了还债,家产都被变卖了,而她嫁给了我父亲。你看看那些名字——忏悔者爱德华,主见者埃塞雷德——所有的。这是在诺尔曼人来之前,在这之前——还是很不错的,不是吗?"

"确实。"

"再看看其他东西。"他领着她到了房子另一边,一件巨大的黑橡木家具前面。老克瑞肯索普抓着她,力气很大,让露西很不舒服。今天的老克瑞肯索普可一点儿都不虚弱。"看见这个了吗?从勒欣顿搬来的——那是我母亲和她族人居住的地方,伊丽莎白时期的,得四个人才能抬得动。你不会知道我在里面放了什么。想看看吗?"

"请让我看看。"露西毕恭毕敬地答道。

"很好奇吧?只要是女人都会好奇。"他从兜里掏出一把钥匙,打开了下面的柜门。从里面拿出了一个钱盒,看起来很新,像是从来没用过一样。接着,他打开了盒子。

"你看看,知道这是什么吗?"

他拿出一个用纸包裹着的细小圆柱体,撕开一端。几块金币滑落在他手中。

"小姑娘,看看这些。看看,拿着,摸摸。你知道这是什么?你肯定不知道!你年纪太小了,这些是——金镑。漂亮的金镑。在脏兮兮的纸币流通前,我们都用这个,比纸币值钱多了。我以前花了很长时间才收集到这些金镑。我这个盒子里还有其他东西,这里面放了很多东西,都是为以后准备的。艾玛不知道——没人知道。这是我们的秘密,懂了吗,小姑娘?知道我为什么要给你看这些吗?"

"为什么?"

"因为我不想你把我看成是个又老又弱的人,虽然大部分时候我都是一副病恹恹的样子。我妻子死得早。她什么事都和我作对。不喜欢我给孩子们取的名字——其实是挺好的撒克逊人的名字——对我的族谱也不感兴趣。她说的东西，我也不怎么在意。她整天死气沉沉的，而你是有活力的小姑娘——长得也漂亮，给你个建议吧，别把自己浪费在那些跟你年龄相仿的男人身上了，那些小年轻都是傻子！想要掌控你的未来，你就应该等……"他的手指更加使劲地掐着露西的胳膊，把嘴凑到她耳旁，"我就说这些，等着，这些蠢蛋以为我马上就要死了，还没呢，如果我活得比他们长也别奇怪，到时候我们走着瞧！走着瞧！哈罗德没孩子，塞德里克和阿尔弗雷德没结婚，艾玛——依现在的情况，是嫁不出去。她对坎佩尔有些意思——可坎佩尔从没想过娶她，剩下个亚历山大，对，还有亚历山大……但我喜欢他……是，这么说让人有些难为情，我喜欢这孩子。"

有那么一会儿，他一句话也没说，眉头紧锁，然后问道：
"那，小姑娘，你觉得呢？你觉得，呢？"
"爱斯伯罗小姐……"
关着的房门那头隐约地传来了艾玛的声音。露西一阵暗喜，抓住了这个机会。
"小姐找我了。我必须得走了。谢谢你给我看了这么多……"
"别忘了……我们的秘密……"
"不会的。"露西答道，然后急匆匆地走回了大厅，她是不是碰上了一个带聘礼的求婚，她自己也不确定。

2

苏格兰场，克拉多克的办公室内，克拉多克督察正坐在桌前打电话，一只手拿着听筒，胳膊撑在桌子上，身体斜倾着，样子很随意。说的是法语,他的法语水平还过得去。

"这只是一种猜测。"他说。

"确实也只是一种猜测,"电话那头的法国同行说道,"现在我已经在那些地区展开调查工作了。我的警员报告说有两三个人的调查可能会得到些信息。这些女人,除非在那儿有家人——或是爱人,不然来来去去很容易,也没人在意。她们有的要继续旅行,有的遇上了新的对象——没人会过问这些的。遗憾的一点是,你寄来的照片太难认了,没人认得出。被勒死的人很难辨认。看来,照片是不能指望了。我现在去看看我们警员的最新的报告,可能会有新发现。再见,先生。"

克拉多克用同样的方式礼貌地回应了一句。此时,有人将一张纸放在了他的桌上,写着:

艾玛·克瑞肯索普小姐。
要见克拉多克督察。
有关拉瑟福德庄园杀人案。

放下听筒后,他对警员说道:"请克瑞肯索普小姐过来。"

他靠在椅子上,一边等一边思考着。

那他没有错——艾玛知道些情况——可能不多,但的确知道一些。而且,她决定说出来了。

艾玛被人带进来时,他站了起来,走上前去握手,并请她坐下,还递上了一支香烟,但艾玛并不抽。接下来的几秒钟,两人谁也没说一个字。他清楚,艾玛是在想怎么开口。他坐直了身子。

"克瑞肯索普小姐,你过来是想跟我反映些情况吧?我能帮你吗？有些事情让你很忧虑吧？可能你觉得是些跟案子无关的事，但换个角度看，可能也有联系。你过来就是想和我谈谈的，不是吗？是不是跟死者身份有关的，你知道她是谁了？"

"不，不，不是这样的，我真觉得没什么可能，只是——"

"正是因为有可能，你才会忧虑，你最好说说——说不定我们能让你心安一些。"

艾玛迟疑了片刻，说道：

"你已经见过我的三个哥哥了，我还有一个哥哥，叫埃德蒙顿，在战争中阵亡了，他死前还从法国给我写了封信。"

她打开手提包，拿出一封已经磨损褪色的信封，拿出信读了起来：

"希望这不会让你太意外，艾米①，我要结婚了——跟一位法国女孩，这来得太突然了——我知道你会喜欢玛蒂娜的——如果我遭遇任何不测，请照顾她。细节我只能下次再对你说——到时我就是个已婚男人了。这事你一点点告诉爸爸，好吗？别吓到他了。"

克拉多克伸出一只手，想要看看信。艾玛犹豫了一会儿，把信递到他手上。她继续用很快的语速说着：

"接到这封信两天后，我们接到了一封电报，说埃德蒙顿失踪了，可能已经阵亡，之后我们接到了他阵亡的确切消息，那时刚好是敦刻尔克大撤退——十分混乱，当时我尽了最大努力，也没有找到军方关于他结婚的记录。之后我一直没有收到这个女孩的任何来信。战争结束后，我也尝试过向其他人打听这个女孩的消息，可我只知道她的教名。当时，法国的一部分被德军占领

---

①埃德蒙德对艾玛的昵称。

了，在不知道她的姓和其他信息的情况下，很难找到其他线索。后来，我甚至认为这婚根本没有结，那女孩也许在战争结束前另嫁他人了，也许死在战争中了。"

克拉多克点点头。艾玛继续说着。

"一个月前我收到了一封署名玛蒂娜·克瑞肯索普的来信，你应该能想到我当时的惊讶之情。"

"信带来了吗？"

艾玛把信从包里拿了出来，递给了克拉多克。克拉多克对这封信很感兴趣，看了一遍。信是用法文花体书写的——这是受过教育的标志。

亲爱的女士，

  我希望当你接到这封信时不要太惊讶，不知道你哥哥埃德蒙顿是否告诉过你，我们已经结婚了，他当时说过会告诉你的。婚后没几天，你哥哥就阵亡了，德国人占领了我们的村庄。战争结束后，我打定主意不给你写信，也不去拜访你了，尽管埃德蒙顿不是这样交代的。因为那时我已经开始了新生活，这让那些事显得不必要了。但现在情况不一样了，我写这封信是因为我儿子，你哥哥的亲生儿子。我无法给他应享有的优越生活。下周初我会来英国。你可否告知我能否拜访你？来信请寄法国第十区克雷桑埃尔维斯一百二十六号。再次希望这次来信没有让你太意外。

              爱你的

            玛蒂娜·克瑞肯索普

卡拉多克沉默了一会儿，又把信仔细读了一遍，然后交还给了艾玛。

"克瑞肯索普小姐，你在收到这封信后做了什么？"

"我的妹夫，布莱恩·伊斯特里当时正好和我在一起，我把事情跟他说了。之后我打了通电话给我在伦敦的哥哥，哈罗德，问了他对这事的意见。他对这件事很怀疑，叫我多加小心，他还说，我们必须仔细调查这个女人的情况。"

艾玛顿了一会儿，继续说道：

"这也是正常人的反应，无可厚非，我也很同意他的看法。可如果这个女孩——女人——真是埃德蒙书信里跟我提到的玛蒂娜，我觉得我们就必须好好款待她，所以就照着来信里给的地址回了封信，邀请她来拉瑟福德做客，跟大家见见面。几天后，我收到了从伦敦发来的一封电报：不好意思，被迫回法，始料未及。玛蒂娜。之后再也没收到过她的来信和电报。"

"这些事发生在——什么时候？"

艾玛皱紧了眉头。

"圣诞节前夕。我记得很清楚，因为我想让她和我们一起过圣诞，但我知道我父亲是不会接受的——所以我告诉她可以在圣诞后的第一个周末过来，那时一家人都还在。我记得收到那封说她回法国的电报的时候离圣诞已经没几天了。"

"因此你认为石棺里的女人可能是玛蒂娜？"

"不，当然不是，只是你说她可能是个外国人——我不禁想……是不是可能……"

她的声音越来越小。

克拉多克用一种很肯定的口吻说道，语速很快。

"你来跟我反映这些是对的，我们会核查你说的那些情况。

应该说，我并不怀疑那位给你写信的女人确实回了法国，而且什么事也没发生。你很聪明，肯定也想到了另外一点，巧合的是，两件事发生的时间相差无几。死因审判时你也听到了，法医的证词说死者是在三到四周前被害的。不用担心，克瑞肯索普小姐，就交给我们吧。"他随口又问了句，"你问过哈罗德先生的意见了，那有没有和你父亲还有其他几个哥哥说呢？"

"我当然告诉我父亲了，他非常生气，"她淡淡一笑，"他一口咬定这事是有预谋的，是要讹诈我们的钱。但凡涉及钱，父亲就非常激动。他自认为，或者说是自欺欺人地认为，他是一个穷人，所以对每一分钱能省则省。我觉得老年人有时候非常看重这些东西。其实，实际情况并不是这样，他的收入非常高，而支出连收入的四分之一都没有占到，也许现在收入税高了，会花得多一些。但他肯定有一大笔存款。"她停了一会儿，继续说道，"我也和其他两个哥哥说了。虽然阿尔弗雷德也认为这是欺诈，但他更觉得这是个笑话。塞德里克一点儿也不感兴趣——他总是以自我为中心。我们的共识是，我们家族会接待玛蒂娜，但我们的律师温博恩先生也必须在场。"

"那温博恩先生怎么看这封信？"

"还没能和他讨论这事。我们正打算告诉他，玛蒂娜的电报就来了。"

"接下来你什么都没做？"

"我往伦敦的那个地址寄了封信，信封上写着递呈，但任何反应都没有。"

"挺奇怪的……嗯……"

他机敏的双眼看着艾玛。

"你怎么看这事？"

"没什么想法。"

"那当时你什么反应？认为这封信是真的——还是和父亲、哥哥持同样的看法？还有，你妹夫怎么看这事？"

"布莱恩认为这封信是真的。"

"那你呢？"

"我——不确定。"

"那你当时情感上是怎样看的——在知道这女人可能就是你哥哥的遗孀的时候？"

艾玛紧绷着的脸松弛了一些。

"我很喜欢埃德蒙德。几位哥哥中我最喜欢他了。这封信，依我看，正是玛蒂娜这种女孩在特定环境下写出来的，她说的事没有前后相悖的地方。我觉得战争结束后，她可能再婚了，或是和一个可以保护她和孩子的男人在一起了。之后，那个男人可能死了，或者离开她了。她觉得应该找埃德蒙德的家人帮忙——埃德蒙德原本也是让她这样做的。所以，这封信在我看来是真的——但，哈罗德也提出，如果写这封信的人是个骗子，要么是一个认识玛蒂娜的女人，要么是一个了解这整件事的人，所以能写出这样一封看似合乎情理的信件——但话说回来……"

她突然停了下来。

"你希望这是真的？"克拉多用柔和的语气问了句。

她看着克拉多克，露出了高兴的神情。

"是的，我希望这是真的。如果埃德蒙德有一个儿子，我会很高兴。"

克拉多克点点头。

"跟你说得一样，这封信读起来不像是伪造的。奇怪的是之后的事，玛蒂娜·克瑞肯索普突然返回巴黎，而你之后再没收到过她的其他来信，之前你已经诚恳地给她回了封信，准备欢迎她了，那即使她回了法国，为什么不再回信了？以上这些，都基于她不是一个骗子的前提。可如果她是个骗子，解释起来就更简单了。我刚才在想，你一定咨询过了温博恩先生，他也做了一些调查，让这个女人起了戒心，但你并没那样做。还有一种可能，就是你的几个哥哥中已经有人这样做了，这个玛蒂娜的身份一调查便不攻自破，她原本以为要糊弄的只有埃德蒙德那个最爱他的妹妹，而不是铁石心肠、疑心重重的商人。她可能以为，不需要回答什么问题，就能从你那儿讹一笔钱给她的孩子——这会儿就不太可能是孩童了，有可能是个十五六岁的男孩——但她遇到的情况与她的设想大相径庭。抛开这些不说，我想到了一些严肃的法律问题，如果埃德蒙德·克瑞肯索普真的有个儿子，而且是婚前所生，那他是不是你祖父财产的继承人？"

艾玛点点头。

"此外，据我所知，他之后是要继承拉瑟福德庄园和周围的土地的——现在可能是非常值钱的建筑用地。"

艾玛看起来吃了一惊。

"没错，但我没有想到这一点。"

"我的担忧有点儿多余了，"克拉多克说道，"你能来反映这些情况，是个明智的决定。我会做一些调查，但我觉得这个写信的女人——也许是个诈骗犯——和那个石棺中所找到的女人，这两者很有可能是毫不相干的两件事。"

艾玛站了起来，舒了口气，心中那块石头终于落地了。

"终于跟你说了，谢谢。"

克拉多克把她送到了房间门口。

送走艾玛后，他给侦缉警司韦瑟罗尔打了个电话。

"鲍勃,给你个工作。去法国第十区克雷桑埃尔维斯一百二十六号一趟。带上拉瑟福德庄园女尸的照片。看看能不能找到一位自称是克瑞肯索普夫人——或是玛蒂娜·克瑞肯索普夫人的女士,在十二月十五日至十二月月底期间在那儿住过,或在那儿收过信件。"

"好的,长官。"

克拉多克忙着处理着桌上等待处理的事务。下午,他要去见一位演艺代理人,他的一位朋友。调查工作没有什么进展。

当天晚些时候,他回到办公室时,发现桌上放着一封发自巴黎的电报。

你所给信息或与马利特斯基芭蕾舞团安娜·斯特拉温斯卡相符。望你亲来我局。德森,巴黎警察总局。

克拉多克长舒了一口气,紧锁的眉头也解开了。

终于!他想着,玛蒂娜·克瑞肯索普的事就要了结了……他决定晚上就坐渡船去巴黎。

第十三章

1

"谢谢你邀请我过来喝茶。"马普尔小姐感激地对艾玛说。

马普尔小姐穿了件绒毛外衣,像裹了个绒球在身上似的——一位可爱老妇人的形象。她环视周围,并对每个人都报以微笑,哈罗德穿了身剪裁优良的深色西装,阿尔弗雷德给她递来三明治,她回以一个精致的微笑,塞德里克站在壁炉架旁,身着一身破烂的粗呢夹克,一脸愠色,看着家族的其他成员。

"我们很高兴你能过来。"艾玛礼貌地回了句。

这天午饭过后,发生了毫无征兆的一幕,艾玛惊呼道:"天哪,我都快忘了,我让爱斯伯罗小姐今天带她上年纪的姨妈过来喝下午茶。"

"改天吧,"哈罗德直截了当地说道,"我们还有很多事要谈,不希望有陌生人在这儿。"

"让她和她侄女在厨房或是其他地方用茶。"阿尔弗雷德说。

"不行,不能这样做,"艾玛非常坚决地说,"太无礼了。"

"那让她来吧,"塞德里克说,"优秀的露西,我们可以从她姨妈那儿知道些她的信息。我想多了解那个女孩。我不知道能不能信任她,她太聪明了。"

"她知名度很高,而且待人真诚,"哈罗德说道,"我自己通过了解得知的,还有一点不太清楚,她为什么四处瞎转,然后找到尸体。"

"要是我们知道那个死女人是谁就好了。"阿尔弗雷德感慨道。

哈罗德有些生气地接着说:

"必须要说一点,艾玛,你跑去警察局,跟他们说这具死尸可能是埃德蒙德的法国女朋友,这太愚蠢了,只会让警方认为她来了这儿,而我们之中有人杀了她。"

"不会吧,哈罗德,别乱说。"

"他说得没错,"阿尔弗雷德接着说,"你怎么想的我不知道。我总感觉我不管去哪儿都有便衣跟踪。"

"我叫她别去,"塞德里克说,"后来坎佩尔怂恿她去的。"

"这关他什么事,"哈罗德越说越来气,"管好他的药物和国民健康就行了。"

"好了,别吵了,"艾玛有些疲倦,"我很高兴,今天这位女士过来喝茶,尽管我不知道她姨妈的名字,但有客人到访对我们是好事,能减少我们一遍又一遍无谓的争吵,我得去打扮一下自己了。"

说完,她离开了房间。

"这个露西·爱斯伯罗,"哈罗德停了一会儿又继续说,"如塞德里克说的,她找到了长仓库,然后撬开石棺,这得花多少工夫,未免太奇怪了。我们也许该做些什么了,我觉得她中午吃饭时的态度有些反常——"

"交给我,"阿尔弗雷德说,"我很快就会找出她是不是别有目的。"

"我指的是她为什么打开那具石棺。"

"也许她根本不是露西·爱斯伯罗。"塞德里克想着说道。

"但这有什么意义?"哈罗德看起来十分恼怒,"真倒霉!"

他们面面相觑,愁容满面。

"这个讨厌的老女人来得正是时候。"

"晚上再谈吧,"阿尔弗雷德说,"待会儿我们从露西的姨妈那儿套些露西的情况。"

露西准时接到了马普尔小姐。现在大家坐在壁炉旁,阿尔弗雷德递来三明治时,马普尔小姐对他报以微笑,她对于外表英俊的男人总是表现出这样的肯定。

"非常感谢……我可以问问……哦,鸡蛋配沙丁鱼,嗯,非常美味。不过下午茶的时候,我还是挺能吃的,只要吃起来了……当然了,晚饭就吃得比较少了……我必须得注意。"她把头转过来看着艾玛,"你的家真漂亮,有这么多好看的东西。那些青铜器,让我想起家父在巴黎博览会上买的青铜器,是你祖父买的?古典样式,没错吧?非常精致。你有这么多哥哥,真叫人羡慕。在印度,很多家庭都是散居的,也许现在不是这样了,还有,非洲西岸因为气候不太好,也是散居的。"

"我有两个哥哥住在伦敦。"

"挺好的。"

"还有个哥哥,塞德里克,是个画家,住在巴利阿里群岛之一的伊比沙岛。"

"画家总是对岛屿情有独钟。"马普尔小姐说,"肖邦——住过马略卡岛,对吗?只不过他是个音乐家,我想到的是高更,凄凉的一生——有人觉得他虚度了一生。我从没对关于土著女性的画作产生过兴趣——虽然我知道他很受欢迎——但我不喜欢亮黄色，看他的画，会觉得心情很糟糕。"

她察觉到塞德里克不屑的神情。

"马普尔小姐，给我们讲讲露西小时候的事吧。"塞德里克说。

她对塞德里克微微一笑，显得非常乐意。

"露西从小就很聪明，"她讲述起来，"哦，你是说——亲爱的，等我先讲完。她的数学成绩一直非常优异。为什么这么说，我记得在买牛股内肉时，肉店老板多收了我钱。"

马普尔小姐滔滔不绝地叙述起了露西的童年往事，接着，又说起她自己的乡村生活。

布莱恩的出现打断了马普尔小姐，男孩们因为热衷于找线索，把身上弄得又脏又湿。用人端上了茶水，坎佩尔医生也一同走了进来，在向他介绍了马普尔小姐后，医生环顾众人，微微抬了抬眉。

"艾玛，你父亲应该没有不舒服吧？"

"没有，只是他下午有点儿累了——"

"那就别让人去打扰他了，"马普尔小姐脸上露出了淘气的微笑，"我非常清楚地记得家父常问：'来了很多只猫吧？'他会对我母亲说，'把茶送到书房来。'他总是非常调皮。"

"别认为——"艾玛刚说几个字，塞德里克却插了进来。

"每次他的亲儿子回家，他就在书房里喝茶，医生，这是不是一种逃避心理？"

坎佩尔医生平常工作很忙，经常忘了吃饭，此刻正在狼吞虎咽地吃着三明治，喝咖啡。他回答道：

"如果只有心理学家来处理心理问题就好了，问题是，现在人人都是业余心理学家，我的病人经常跟我讲述折磨他们的综合征和神经衰弱，根本不给我说话的机会。谢谢，艾玛，再来一杯。今天没时间吃午饭。"

"我经常觉得，医生是高尚的，牺牲自我的。"马普尔小姐说道。

"你认识的医生可能不太多，"坎佩尔说，"过去医生被称为蚂蟥，他们也确实是蚂蟥！不过，我们现在真正有报酬了，国家也在管理这件事，每一笔医疗单都会报销。可问题是，每个病人都想尽法子，非得从政府那儿捞一点儿不可，这样的后果就是，如果小珍妮晚上咳嗽了两次，或是小汤米吃了几个没熟的苹果，可怜的医生半夜就得出诊。哦，好吃！美味的蛋糕，艾玛，你做的东西太好吃了！"

"不是我做的，是爱斯伯罗小姐做的。"

"你做得也不错。"坎佩尔的回答很实在。

"要去看看父亲吗？"

她起身离开，医生紧随其后。马普尔小姐目送他们离开了房间。

"看出来了，克瑞肯索普小姐是一个非常有孝心的孩子，"

"我都想不通她怎么能一直守着这个老头儿。"塞德里克毫不避讳地说道。

"她在这儿住得很舒服，父亲也离不开她。"哈罗德马上接过话头。

"艾玛还好，"塞德里克说，"她生来就是个老小姐。"

马普尔小姐眼中露出了一丝喜悦的神情，她问道：

"哦，你是这样认为的？"

哈罗德马上回答：

"我哥哥用老小姐这词并没有任何贬义。"

"哦,并没有冒犯我,"马普尔小姐说,"我只是想知道他是对还是错。我个人不认为克瑞肯索普小姐会是老小姐,我觉得,她是那种晚婚,但会把婚姻经营得很好的女人。"

"住在这儿就不太可能了,"塞德里克说,"找不到一个可以娶她的人。"

马普尔小姐眼神中的喜悦更加明显了。

"这儿经常有神父——和医生。"

她那双慈祥而狡黠的眼睛左右转动着。

很明显,这是一种暗示,她想到了一些事,让她欣喜不已,但他们从没想过这些,所以对这种喜悦无从体会。

马普尔小姐站了起来,手包和一条小绒毛围巾落在了地上。

三兄弟注意到了,立刻上前帮她拾了起来。

"非常感谢,"马普尔小姐说,"哦,对了,还有我的蓝色小手套,就是这个,再次感谢——感谢你们能邀请我来。来之前,我一直在想你们家是什么样的——那样我就能想象到我外甥女在这儿工作的场景。"

"家庭条件很好——除了一件杀人案。"塞德里克开玩笑说。

"塞德里克!"哈罗德的声音表明他很愤怒。

马普尔小姐对塞德里克微微一笑。

"知道你让我想起了谁吗?我们那儿的银行行长的儿子,小托马斯·伊德,经常吓唬人。当然,在银行里他吓不到谁,所以他去了西印度群岛……他回家的时候,他父亲已经去世了,他得到了很多钱,对他来说是件好事,他是个很会花钱,却不知道怎么赚钱的人。"

2

露西把马普尔小姐送回了家。她回来后准备拐入后行车道时,一个身影从黑暗中走了出来,站在车灯前。他举着双手,露西认出来了,是阿尔弗雷德。

"还是车里暖和,"他坐了上来,说道,"哦,真冷!我以为我想在冷天里漫步,看来并非如此,把老人家送回家了?"

"嗯,她下午待得很开心。"

"看出来了,不管多无聊的场合,只要有这样一位有品位的阿姨,就会笑声连连。说实话,论无聊,其他地方都比不上拉瑟福德庄园,我最多能在这儿待两天,露西,你怎么待得下去?这样称呼你,不介意吧?"

"不介意,我没有觉得待在这儿很无聊,不过,我也不是长期待在这儿。"

"露西,我一直在观察你——你是个聪明的女孩。但把你的聪明用在洗衣做饭上,有点儿太浪费了。"

"谢谢,但比起坐办公室,我更喜欢洗衣做饭。"

"我也不喜欢坐办公室,谋生的方式也不止这一种,你可以做一个自由工作者。"

"我就是一个自由工作者。"

"不是这种方式,我的意思是为自己工作,用你的聪明去对抗——"

"对抗什么?"

"权势!那些愚蠢而又琐碎的规则和规定阻碍着我们。有意思的是,只要你够聪明,你就能找到绕过他们的方法,而你是个聪明人,怎么样,你感不感兴趣?"

"有一些,不确定。"

露西把车停入马厩。

"不打算加入?"

"我还想再听你说说。"

"坦白说,我亲爱的露西,我们可以合作,你有种难能可贵的品质——能取得他人的信任。"

"你想让我帮你卖金块?"

"不是这么高风险的事,只是跟法律打个擦边球——仅此而已,"他把手放到露西的胳膊上,"露西,你真的太漂亮了,我想让你做我的合伙人。"

"你让我受宠若惊。"

"仅此而已?想想,想想那种快乐,想想那种用头脑击败了法律和规定的愉悦,一个前提是,我们需要钱。"

"让你失望了,我没什么钱。"

"哦,那根本不是问题,不久我就会得到一些钱的,我亲爱的爸爸总有要死的一天,这人吝啬、老弱、粗暴。等他哪天死了,我就有一笔钱了,露西,你觉得怎么样?"

"条件是什么?"

"结婚,如果你喜欢的话。不管多高贵,多自立的女性,都憧憬着婚姻。再说了,妻子不能作证举报她的丈夫。"

"这个就不怎么让人喜欢了!"

"别逗了,露西。你难道没意识到我已经爱上你了?"

露西感到了一种奇怪的爱慕之情。阿尔弗雷德有一种魅力,可能只是单纯、原始的吸引力。她笑了笑,拿开阿尔弗雷德的手。

"没时间瞎闹了,要想晚餐的事了。"

"也是，露西，你菜做得很好。晚餐有什么？"

"到时候看吧！你跟小男孩一样淘气！"

他们走入庄园，露西快步朝厨房走去。在她准备晚饭时，哈罗德走了进来，让她吃了一惊，她不得不停下手上的活儿。

"爱斯伯罗小姐，我能和你谈谈吗？"

"哈罗德先生，晚一些再说好吗？我现在在准备晚餐，时间有些来不及。"

"可以，当然可以，晚餐后？"

"嗯，就晚餐后。"

晚餐按时开饭了，大家都对这顿饭赞赏有加。露西洗完了碗，走出厨房，看到哈罗德正在等她。

"你找我有什么事，哈罗德先生？"

"我们能进去谈吗？"他打开会客厅的门，领着露西进了房间，关上了门。

"我明天一早就要走了，"他解释为什么急着找她，"但我想说的是，我很欣赏你的能力。"

"谢谢。"露西有点儿吃惊。

"我觉得你的才能在这儿被浪费——彻彻底底被浪费了。"

"你这样看？我不这样认为。"

露西想着，不管怎样，他不会让我嫁给他，他已经有妻子了。

"你帮我们家度过这段危机，我希望你到伦敦时可以给我打电话。如果你打来电话做了预约，剩下的事我会让我秘书去做的。确切地说，我们想雇用像你这样能力出众的人，我们可以进一步探讨哪个领域才能更好地发挥你的才能。爱斯伯罗小姐，我能给你提供丰厚的薪水和光明的未来，一定是超出你的预期的。"

他的笑容既让人敬畏，又不失亲和力。

露西严肃地答道：

"谢谢你，哈罗德先生，我会考虑的。"

"别考虑太久了，对于想要一展宏图的年轻女性，机不可失。"

他的牙齿洁白而光亮。

"晚安，爱斯伯罗小姐，睡个好觉。"

"这，"露西自言自语道，"这……很有意思……"

回卧室的途中，她在楼梯上碰到了塞德里克。

"那个，露西，问你点儿事。"

"你想要我嫁给你，去伊比沙岛照顾你？"

塞德里克把要说的话咽了回去，有点儿惊恐。

"我从没想过这事。"

"抱歉，我会意错了。"

"我只是想问这儿有没有火车时刻表。"

"就问这个吗？大厅的桌上有一份。"

"要知道，"塞德里克说，语气中带着责备，"你不应总想着有人想要娶你。你是长得不错，但也没到非常漂亮的程度。关于这种事有种说法——你越想，事情越不会如你所愿。坦白说，你是这世界上我最不想娶的女人，最不想娶的。"

"是吗？"露西问，"犯不着揭我的短，是不是你更喜欢我当你继母？"

"你说什么？"塞德里克有点儿惊愕地看着她。

"你听我说。"露西细细地讲述起来，他们走进了露西的房间，关上了门。

第十四章

1

克拉多克正在和巴黎警察总局的阿曼德·德森叙旧。他们之前见过一两次,还挺合得来。克拉多克的法语口语还算流利,所以他们大多数时候是用法语在交流。

"这只是一种假设,"德森提醒着克拉多克,"我有一张芭蕾舞团的照片——这个是她,从左往右数第四个——很像吧?"

克拉多克回答说其实并不像,一个被勒死的女人要辨认起来并不容易,而这张照片上德森所指的那个女人画着浓妆,头上戴着夸张的鸟儿图案的头巾。

"可能是她,"他说,"也只能这么说而已。她是谁?关于她,你们知道些什么?"

"一无所知,"德森说,脸上却是一副乐观的神情,"她并不是名人,而且,马利特斯基芭蕾舞团只是一个普通舞团。这个舞团四处流动演出,演出地点一般在郊区剧院——他们不用真名,没有明星,也没有有名气的芭蕾舞演员。待会儿我带你去见乔埃莉特女士,整个舞团都是她负责。"

乔埃莉特女士是个法国人,一副成功商人的模样,目光狡猾,上唇长了点儿汗毛,脸上满是横肉。

"我,我不喜欢警察!"她一脸不快地看着他们,毫不掩饰对他们来这儿的不悦,"他们经常想尽法子让我难堪。"

"别,别,夫人,你不能这么说。"德森说,他又高又瘦,总是一脸忧郁,"我什么时候让你难堪了?"

"处理那个喝石碳酸的小浑蛋的时候,"乔埃莉特立刻回答说,"不是因为爱上了交响乐团团长——他并不喜欢女人,有别的癖好。你把那事弄出了很大动静!影响了我优雅的舞团。"

"反过来看,也给你的舞团带来了很多观众,"德森回答说,"都已经过去三年了,别计较了。今天我们想了解一下关于安娜·斯特拉温斯卡这个女孩的情况。"

"嗯,想知道她的什么情况?"乔埃莉特好奇地问。

"她是俄国人?"克拉多克问。

"不,不是,你这么说,是因为她的名字?这些女孩都这样称呼自己。她不是什么名人,舞跳得一般,长得也一般,还算不错,在舞团跳跳群舞还行——但跳独舞不行。"

"那她是法国人?"

"可能吧,她有法国护照,但她跟我们说过,她有个英籍丈夫。"

"她跟你说过她有个英籍丈夫?活着——还是去世了?"

乔埃莉特耸了耸肩。

"死了,还是离开她了,我哪儿知道?这些女孩——和男人都有些纠葛——"

"你最后一次见她是什么时候?"

"我带着舞团在伦敦待了六个星期。我们在托基、伯恩茅斯、伊斯特本、哈默史密斯演出,还有个地名我忘了,之后我们返回了法国,但安娜——她没有回来,她给我们来了封信,说她要离开舞团和她丈夫的家人一起生活——都是些胡扯的话。当时我不信。我觉得更可能是她遇到了一个男人。"

克拉多克点点头，他知道乔埃莉特肯定会这样想。

"而且这对我没损失，我也不在乎，我能找到和她水平差不多，甚至比她更好的女孩来跳舞，所以我耸了耸肩，也就没再多想这事，为什么要想？这些女孩都一个样，对男人都跟着了魔似的。"

"具体是哪天？"

"我们回到法国的时间？是在——嗯——圣诞节前最后一个周日。而安娜是在这之前两天——还是三天前离开的？记不太清楚了……但最后一个星期在哈默史密斯演出，她不在，我们还得演出——这就意味着要重新安排一些事情……她真烦人——但这些女孩——遇到男人后都一个样。"我只能对大家说，"得了，那个人，我没把她带回来！""

"挺烦人的。"

"哦！我——我不在乎，她肯定和那个她遇见的男人一起过了个圣诞节，但这不关我的事，我可以找到其他女孩——那些女孩都抢着来马利特斯基芭蕾舞团，而且她们跳得也不错，可能比安娜更好。"

乔埃莉特停了一会儿，突然问了个她有点儿兴趣的问题。

"你们为什么想要找她？她继承了遗产？"

"完全相反，"克拉多克礼貌地答道，"我们认为她被杀了。"

乔埃莉特又恢复了那副漠不关心的样子。

"这有可能！确实发生了。啊，那个！她是个非常虔诚的天主教徒，她每个周日都会去做弥撒，毫无疑问是去忏悔的。"

"女士，她有没有跟你提起过她儿子？"

"儿子？你是说她有小孩了？我觉得这是最不可能的。那些女孩，她们所有人，知道一个很有用的地址，只要怀孕了都会去那儿，我和德森先生都知道。"

"她可能在表演生涯开始前就已经有了一个孩子，"克拉多克说，"比如，在战争期间。"

"啊！战争期间，有可能，但如果是这样，我就更不知道了。"

"这些女孩中谁和她关系最好？"

"我可以告诉你两三个人——但她跟所有人都不是太熟。"

他们能从乔埃莉特那儿了解到的有用的信息也只有这些了。

给她看过粉盒后，她说安娜有过一个那样的粉盒，但大部分女孩都有那样的粉盒。安娜可能在伦敦买了件皮毛外套——她并不知道。"我，我一直都忙着排练、舞台灯光和处理我生意上的问题，我没空关心我的艺术家们穿什么。"

询问过乔埃莉特后，他们按照她提供的名字，问了那几个女孩，其中有一两个跟安娜的关系还不错，但他们都说安娜之前很少说起自己，一个女孩说，她谈论自己的时候，大部分说的都是假话。

"她爱编故事——一会儿是大公爵的女人——一会儿是英国富翁的女人——一会儿在战时如何为秘密抵抗组织工作，还有如何成为好莱坞明星的故事。"

另一个女孩说：

"我觉得她之前过的就是乏味的中产阶级生活，她喜欢待在芭蕾舞团，因为她觉得这很浪漫，但她并不是一名优秀的芭蕾舞者，能够想象得到，如果她说：'我父亲是亚眠的服装商。'那就不浪漫了！所以她便编起了故事。"

"甚至到了伦敦，"第一个女孩说道，"她时不时跟我们提到一个有钱人要带她环游世界，因为她让他想到了他在车祸中去世的女儿。真会吹牛！"

"她告诉我她要和苏格兰一位有钱的勋爵在一起了，"第二个女孩说道，"她说她要去那儿猎鹿。"

这些都没什么用，只能说明安娜是个谎话连篇的人。她确实没有和贵族在苏格兰猎鹿，同样也不太可能正躺在环游世界的游艇的遮阳甲板上。同样，也没有任何充分的理由证明，在拉瑟福德庄园的石棺里发现的尸体就是她。几个女孩和乔埃莉特看过照片后，都显得很犹豫，不能肯定那是安娜。她们都觉得，这个女孩有点儿像安娜。但说实话，整张脸都肿了起来，也可能不是她。

现在唯一可以确定的是，在十二月十九号，安娜决定不回法国，二十号，一个和她长得很像的女人乘坐下午四点三十三分的火车去往布拉克汉普顿，然后被勒死了。

如果石棺里的尸体不是安娜，那她在哪儿？

对于这个问题，乔埃莉特的答案十分简单，全在意料之中。

"和男人在一起！"

这也许就是正确答案，克拉多克思考着，有些失落。

还有一种可能性必须得考虑——她们无意中提到安娜曾经提过，她有一个英籍丈夫。

那位丈夫会不会是埃德蒙德·克瑞肯索普？

联想到那些女孩所描述的安娜，这看起来不太可能。更可能的是安娜曾经和玛蒂娜很熟，了解事情的每个细节。也许是安娜给艾玛写了那封信，如果是这样，安娜应该不敢回答任何验明她身份的问题。也许她认为和芭蕾舞团断绝联系是更为谨慎的做法。还是那个问题，她在哪儿？

而又一次，乔埃莉特那个猜都能猜到的回答看起来可能性最大。

和一个男人在一起……

2

离开巴黎前，克拉多克和德森探讨了玛蒂娜这个女人的问题。德森倾向于同意他英国同行的意见，这件事可能与石棺里的女尸没有关联，但他也认为还需要进一步调查。

他让克拉多克放心，说侦查部门会竭尽全力搜寻南岸第四团中尉埃德蒙德和一位教名为玛蒂娜的法国女孩的结婚记录，时间——临近敦刻尔克沦陷之前。

他也提醒克拉多克，不一定能找到相关的记录，那块地区当时被德军占领了，之后在德军入侵期间也受到了重创，许多建筑和记录都被毁了。

"只有这一个问题，其他方面我们也会竭尽所能。"

说完后，两人互相道别。

3

克拉多克刚回到警察局，情绪低落的韦瑟罗尔正等着汇报情况。

"长官，克雷桑埃尔维斯一百二十六号——只是一个临时的通信地址，那地方很大。"

"有人能证明她的身份吗？"

"没有，他们没见过照片上的女人在那儿收过信件，我也觉得他们认不出——差不多是一个月前了，而且很多人共用这个地址。这个地址实际上是学生公寓。"

"她可能在那儿待过，用其他的名字。"

"如果是这样，他们不会认不出照片上的她。"

他继续说道：

"我们走访了周围的旅馆——没人用玛蒂娜·克瑞肯索普的名字登记过，在接到你从巴黎打来的电话后，我们又用安娜·斯特拉温斯卡这个名字查了一遍，她和舞团的其他人在布鲁克格林一家廉价酒店入住过，那里剧院很多，演出完后，她在十九号星期四的晚上退房了，有记录的就这些。"

克拉多克点点头，安排了下一步的调查——但他也不抱太大希望。

思考了一会儿后，他给温博恩—亨德森—卡尔斯代尔斯律师事务所打了个电话，要求见温博恩一面。

按照约定的时间，他被带进一间不通风的房子，温博恩正坐在一张老式大桌子前，桌上放着几堆满是灰尘的文件，墙上有许多契据文书保险箱，上面的标签写着约翰福德斯爵士，已故的德林女士，乔治·罗巴敦律师。克拉多克不知道这些是过去的存档，还是现在正在处理的法律事务的一部分。

温博恩用家庭律师对待警察的一贯态度——既恭敬又谨慎——看着克拉多克。

"有什么可以帮你的，督察？"

"这封信……"克拉多克把玛蒂娜的来信放在桌上，推了过去，温博恩并没有拿起来，而是只用一只手指按着，一副嫌恶的样子，温博恩脸上隐隐显现出一丝怒气，抿着双唇。

"荒谬，"他说，"荒谬！我昨天早上收到一封艾玛的来信，告诉我她去了苏格兰场,和——所有的经过。当我知道她为什么收到那封来信却不询问我的意见时,我很困惑——相当困惑!最让人不解的是,第一个应该知道的就是我……"

克拉多克不停地说些安抚的话,想让温博恩平静下来。

"我不明白,对于埃德蒙德结婚这事,还有什么疑问。"温博恩的语气有些愤怒。

克拉多克说他认为——在战时——然后声音模糊了起来,渐渐听不见了。

"战时!"温博恩突然用尖酸刻薄的语调说,"没错,战争爆发时,我们都在林肯律师学院的操场上,隔壁的房子被炮弹击中了,很多文件都被毁了。但都是些不怎么重要的文件,剩下的文件——出于安全考虑——都被转移到了乡村,一切都被弄乱了。那时克瑞肯索普家的事务是我爸爸在处理,六年前他去世了,我敢说,他应该听说了埃德蒙德所谓结婚的事——但从表面看上去,或者仔细想想的话,这桩婚姻不可能存在,我父亲没重视这事也就不奇怪了,我承认,在我看来,整件事确实疑点重重。这么多年后,突然来封信,说他们结婚了,还有了个儿子。完全不合逻辑,我想知道她有什么证据可以证明自己的话。"

"我也有同样的疑问,"克拉多克说,"那她和她儿子的情况是?"

"我认为她的目的是让克瑞肯索普家族付她和她儿子的赡养费。"

"这没错,但我要问的是,从法律上说,她和她儿子能得到什么——如果她能够证明她所说的话?"

"哦,这个。"温博恩刚才因为发怒,把眼镜放在了一旁,现在又拿起来,架在了鼻子上,一脸精明地看着他。"嗯,现在来讲,什么都得不到,但如果她能证明这个男孩是埃德蒙德·克瑞肯索普的儿子,而且是婚后所生,那这个男孩在卢瑟·克瑞肯索普死后能继承约西亚·克瑞肯索普信托里属于他的那部分,除此之外,因为他是长子的儿子,他还将继承拉瑟福德庄园。"

"其他人想不想继承这幢房子?"

"住在那儿?我可以说没人想,但督察先生,那幢房子可值一大笔钱,数目相当可观,那是一块工业建房用地,又正处于布拉克汉普顿的中心,非常值钱。"

"如果卢瑟·克瑞肯索普死了,我记得你说过会由塞德里克继承这套庄园?"

"作为在世的长子,没错——他继承房子。"

"根据我之前的了解,塞德里克·克瑞肯索普对钱不感兴趣?"

温博恩冷冷地瞪了他一眼。

"是吗?我对这样的说法半信半疑。不可否认,不爱钱不世俗的人确实存在。但我一个都没有见过。"

这番话让温博恩有了一种满足感。

克拉多克立刻抓住这个契机。

"哈罗德和阿尔弗雷德,"他试着问了问,"像是被这封信弄得心神不宁。"

"可能吧,"温博恩说到,"有可能。"

"这会减少他们最后继承的财产?"

"必然的,埃德蒙德的儿子——假设有个儿子——将分掉信托里两成的钱。"

"看起来也没少太多?"

温博恩机敏地瞥了他一眼。

"确实不足以构成一个人的杀人动机,我的回答不知道是不是你要的。"

"但我觉得他们都挺缺钱。"克拉多克小声说道。

尽管温博恩看着他的眼神很锐利,他却泰然自若。

"哦!所以警方已经开始调查了?没错,阿尔弗雷德一直很缺钱。他有时很有钱——但没过多久就用完了。而哈罗德,你可能发觉了,最近的状况有点儿不好。"

"虽然他看起来很有钱?"

"假象!都是假象!有一半这样的社会焦点人物都不知道有没有债务偿还能力,对非专业人士而言,他们的财务报表看起来不错,但如果他们所列的资产是虚报的——这些资产快被消耗殆尽了——你刚才要问的是?"

"我想问的,应该是哈罗德是不是很缺钱。"

"呃,就算哈罗德杀了他嫂子,也拿不到那笔钱,"温博恩说,"而且没有人对老克瑞肯索普先生下手,尽管只有他死了,他们才能得到好处。督察,说实话,我不太明白你今天是过来干什么的。"

克拉多克想,其实他自己也不太确定。

第十五章

1

克拉多克之前和哈罗德约好了去他的办公室了解情况。他和韦瑟罗尔准时到了。哈罗德办公室在一座城市办公大楼的四层。办公室装潢豪华，现代商业气息浓厚。

一位清秀的年轻女人问过他的名字后，轻声细语地打了通电话，然后起身带他们进了哈罗德的办公室。

哈罗德坐在一张包裹着皮革的大办公桌前，和往常一样，看起来很自信、无懈可击，依照克拉多克所了解的情况判断，他已经快资不抵债了，但一点儿也看不出来。

他看着两位警官，简单地问候了一下。

"上午好，克拉多克督察，希望你来这儿是带来了已经确定的消息。"

"抱歉，哈罗德先生，没有，只是想问你几个问题。"

"还要问？之前你们能想到的问题我都回答过了。"

"哈罗德先生，我理解你的感受，但那只是些常规问题。"

"那好，这次是什么问题？"他有些不耐烦地问道。

"请你告诉我们，你在去年十二月二十日下午至晚上——从下午三点至午夜在做什么。谢谢。"

哈罗德气红了脸。

"这是我听过的最奇怪的问题,我想知道,你问这个是出于什么目的?"

克拉多克和气地笑道:

"只是表明我想知道十二月二十日,星期五,下午三点,你在哪儿。"

"为什么问这个?"

"能帮我们缩小范围。"

"缩小范围?那你还掌握了其他信息?"

"希望我们离破案更近了一步。"

"在我的律师到场前,我不确定我该不该回答你的问题。"

"当然,完全由你自己决定,"克拉多克说,"你可以不回答任何问题,在你的律师到场前,不回答问题也是你的正当权利。"

"你是不是——我确认一下——呃——在变相地警告我?"

"没有,"克拉多克看起来有些吃惊,"没这种事,我问你的这个问题也问了其他人,完全是公事公办,问这个只是为了做必要的排除。"

"这个,当然——我非常想尽我所能帮助你们。等我想想,这个问题要立刻回答有点儿困难,但我们公司是很规范的,我想,爱丽丝小姐能帮上你们。"

他拿起桌上的电话,简单说了两句,不一会儿,便走进来一位身材姣好的年轻女性,她身着一袭剪裁得宜的黑色西装、手持笔记本。

"克拉多克督察,这是我的秘书,爱丽丝小姐。爱丽丝小姐,督察想了解一下,我某天下午和晚上在干什么——哪天来着?"

"十二月二十日,星期五。"

"十二月二十日，星期五，你那儿应该有记录。"

"好的，没问题。"爱丽丝把办公室里带备忘录的日历拿进来，翻起了日历。

"十二月二十号上午你在办公室，和戈尔迪先生有一个会议，关于库洛马迪并购的事情。中午你和福斯维尔勋爵在贝克莱用餐——"

"哦，对，就是那天。"

"你下午三点回到了办公室，口述了五六封信件，之后去了索斯比拍卖行，你对第二天开拍的一些珍贵手稿很感兴趣。之后，你没有回办公室。我还提醒你要参加卡特琳俱乐部的晚宴。"她说完后用疑问的目光看了看哈罗德。

"谢谢，爱丽丝小姐。"

爱丽丝走出了房间，没发出一点儿声响。

"我都想起来了，"哈罗德说，"那天下午我去了索斯比拍卖行，那些我想要的东西要价太高。我在将杰明街的一个小店喝了一杯茶——我记得，那家店叫拉塞尔。之后，我又在新闻剧院待了大概半个小时，然后回了家——我住在卡迪根花园四十三号。卡特琳俱乐部的晚宴于晚上七点三十分在卡特尔大厅举行，之后我便回到家睡了。我想这应该能回答你的问题了吧。"

"很详细，哈罗德先生。你回家换衣服的时候是什么时间？"

"具体时间记不清了，应该是刚过六点。"

"那你吃完晚饭是什么时间？"

"我想，我到家的时候，是十一点半。"

"你家的男仆给你开了门？还是艾丽丝·克瑞肯索普太太给你开的门——"

"我妻子艾丽丝现在在法国南部，十二月初她就去那儿了。"

我自己拿钥匙开的门。"

"所以没人能证明你是那时回家的?"

哈罗德冷冷地看了他一眼。

"可以肯定仆人听见我进门的声响了,我有男仆,也有妻子,但,督察,真的——"

"嗯,哈罗德先生,我知道这种问题很烦人,但我的问题快问完了,你有汽车吗?"

"有一辆霍博鹰。"

"你自己开?"

"嗯,但我周末才开,现在在伦敦的大街上开这辆车不太合适。"

"你应该是在去布拉克汉普顿看你父亲和妹妹时,才会开这辆车吧?"

"在那儿待得比较久的时候才会开。比如说——如果我只在那儿待一晚,第二天又要参加死因审判——那我一般坐火车。火车很方便,也比汽车快。我妹妹会租辆车在火车站接我。"

"那你的车停在哪儿呢?"

"我在卡迪根花园马厩那儿租了一个车库。你还有什么要问的吗?"

"差不多就这些,"克拉多克微笑着站了起来,"非常抱歉打扰你了。"

他们走出了办公室,韦瑟罗尔是一个对什么都不太相信的人,说出了自己的感受,话中有话:

"他不喜欢那些问题——很讨厌,很反感。"

"如果你没杀人,有人却认为你杀了,这肯定很烦人,"克拉多克平和地说,"对于哈罗德·克瑞肯索普这种显贵来说就更是如此了，没什么好奇怪的。我们现在需要确认的是那天下午在拍卖行里，是不是有人看见哈罗德了，还有他是不是去过小饭馆，也需要查证。他完全可能坐四点三十三分的火车，把受害人推出了列车，然后坐火车回伦敦按时参加晚宴。之后，他可以再开车返回拉瑟福德庄园，把尸体移进石棺，结束之后再回家。我们还要调查一下那个马厩。"

"好的，长官。你认为人是他杀的？"

"我怎么知道？"克拉多克反问道，"他个子挺高，头发也是深色，他有可能坐过那班火车，和拉瑟福德庄园也有关系，所以他是嫌疑人。现在我们去找他弟弟阿尔弗雷德。"

2

阿尔弗雷德在西汉普斯特德有套房子，他所住的那幢楼房高大而现代，但外观不够讲究，楼房自带一个很大的停车场，住户的车停得乱七八糟，丝毫不为他人考虑。

阿尔弗雷德的房子装修得十分时髦，有些家具是嵌进墙里的，方便用户把房子出租。墙边镶嵌着一张胶合板桌子，屋里还有一张沙发床，还有很多把造型怪异的椅子。

阿尔弗雷德一见他们就像个老朋友一样，十分热情，克拉多克却觉得有些不安。

"我在想，"他说道，"克拉多克侦探，你们要喝点儿什么？"他拿着几瓶饮料热情地问道。

"谢谢，不用了，阿尔弗雷德先生。"

"我们的关系已经糟糕到这种程度了？"他开了个小玩笑，笑了起来，然后问起他们此行的原因。

克拉多克说没什么大事。

"去年十二月二十日从下午到晚上我做了什么,我怎么还记得?因为——都是三个星期以前的事了。"

"你哥哥哈罗德记得就非常清楚。"

"哥哥哈罗德行,弟弟阿尔弗雷德不行。"他的话调里透出——可能是嫉妒吧,"哈罗德是家族的荣耀——对家族有帮助,每天都忙着工作,时间都不够用。他日理万机,即使要去杀人,可以这么说吗——也要好好计划一下。"

"这么说有什么原因吗?"

"没什么,只是突然想起来的——纯粹的胡扯。"

"那说说你那天都干了什么吧。"

阿尔弗雷德摊开手掌。

"刚才已经说了——我对记忆日期和地点不在行。如果你要问圣诞节的事,那我可以回答你,因为这天很特殊。我记得圣诞节那天我在哪儿,那天我们是和父亲在布拉克汉普顿过的,我真的搞不明白,我们回家过节,他抱怨说花了他多少钱,我们不回来,又会抱怨说我们不管他。我们这样做是为了让妹妹高兴一些。"

"你去年的圣诞也是这样做的?"

"嗯。"

"但你父亲意外地生病了,是吗?"

克拉多克凭着一种职业的直觉,故意用一种旁观者的语气问道。

"嗯,因为节约这个高尚的原因,他就像一只小麻雀,每天只吃二两米,突然吃饱喝足就出问题了。"

"事情只是这样?"

"嗯，还能怎么样？"

"我听说医生——很担心。"

"哎，那个又老又蠢的坎佩尔，"阿尔弗雷德很快接过话头，语气满是责备，"督察先生，听他的话没什么用，他总是杞人忧天。"

"哦？在我看来他是个挺聪明的人。"

"他很蠢，彻头彻尾的蠢。我父亲并不是个病人，心脏也没什么问题，却完全被坎佩尔给骗了。所以，我父亲不舒服的时候，就会把事情弄得很严重，喊来坎佩尔，让他问自己一些问题，检查吃过的喝过的东西。这太荒谬了！"阿尔弗雷德说这话的时候特别激动。

克拉多克一句话也没说，沉默了一两秒钟，果然有效果。阿尔弗雷德有些坐立不安了，急匆匆地瞥了他一眼，按捺不住地问道：

"好吧，是什么？你们为什么想知道三四周前的周五我在哪儿？"

"所以你记得那天是周五？"

"我以为是你说的。"

"可能吧，"克拉多克答道，"总之，我想问的就是二十号周五。"

"为什么是这天？"

"例行问询。"

"这毫无意义。你们有没有找到关于这个女人的其他信息？她是哪儿的人？"

"我们掌握的信息还不全。"

阿尔弗雷德狡黠地瞥了他一眼。

"我希望你们没被艾玛不正常的想法左右,关于那位死者可能是我哥哥的遗孀,这简直就是胡扯。"

"这个——玛蒂娜,怎么不跟你联系?"

"联系我?我的天,完全没可能,这简直能把人笑死。"

"照你看,她更有可能去找你哥哥哈罗德?"

"可能性大多了。他有钱,名字经常出现在报纸上,找他也没什么好奇怪的,但这不能说明她得到了什么,哈罗德和老头子一个样,手都紧得很,而艾玛是家里心肠最好的人,也是埃德蒙德最喜欢的妹妹,不过,艾玛也不是好骗的,她非常清楚,这个女人可能是个骗子,所以她把大家都召集回家——还喊来了头脑冷静的律师。"

"这种做法很明智,"克拉多克答道,"那这次碰面有没有定具体的日子呢?"

"圣诞节刚过——二十七号,是个周末……"他停了下来。

"哦,"克拉多克高兴地说道,"所以有些日子还是对你有意义的。"

"我说过了——没有定具体的日子。"

"但你刚才说了——什么时候?"

"我真记不起来了。"

"你也不记得在十二月二十号,周五的时候,你自己做了什么?"

"不好意思——我大脑一片空白。"

"你不记备忘录?"

"受不了那种东西。"

"圣诞节前的周五——记起来应该不难。"

"我可能打了一天高尔夫,"阿尔弗雷德摇摇头,"不对,那是一周前，我可能就四处走了走吧，我经常散步。很多生意都是在酒吧里谈下来的。"

"也许这周围的人，或者你的朋友能帮助你回忆起来？"

"也许吧。我会问问他们，尽我所能。"

阿尔弗雷德好像更肯定了。

"我记不起那天我干什么了，"他说道，"但我可以告诉你我没干什么。我没在长仓库里杀人。"

"阿尔弗雷德先生，你为什么这样说？"

"督察先生，你不必遮遮掩掩的。你在调查杀人案，不是吗？当你开始问"某天某个时段，你在哪儿"的时候，你就在缩小范围。我很想知道你为什么挑二十号，周五这天，在——什么时间来着？从午饭过后到午夜之间这个时段？不可能是法医的推断，都过了这么久了。有人看见死者那天下午偷偷溜进了长仓库，进去了再也没出来之类的，是不是？"

那双狡黠的黑眼睛注视着他，但克拉多克应付这种事情已经是个老手了。

"恐怕只能留给你去猜了。"他开玩笑似的说。

"警察总是这么守口如瓶。"

"不只是警察吧，我看，阿尔弗雷德先生，如果你认真想想，应该可以想起你在那个周五做了什么，当然你有理由不去想——"

"但你不能就这样逮捕我。确实，我不记得，这非常可疑，确实很可疑——想到了，等等——那周我去了利兹，住在市政厅旁的一间宾馆，记不清名字了，但很容易找到——那天好像是星期五。"

"我们会核实的。"克拉多克不露声色地说道。

克拉多克站了起来。"阿尔弗雷德先生,虽然你的回答有些简单,但你已经很配合我们的工作了。"

"我太不走运了!塞德里克在伊比沙岛,有充分的不在场证明,更不用说哈罗德,每时每刻都有人注意到他参加商务活动和宴会——只有我没有,太让人失落,也太不可理喻了,我已经跟你说了,我没杀人。我为什么要杀一个和我毫不相干的女人?为了什么?即使这个死者是埃德蒙德的遗孀,我们几个之中为什么有人想杀了她?如果她是在战时嫁给了哈罗德,然后突然出现了——这可能会把身份显贵的哈罗德置于一个尴尬的境地——诸如重婚之类的,但这是埃德蒙德!我们都乐意请求老克瑞肯索普给这个女人一点儿抚养费,让这个男孩能读个好学校。我父亲可能会生气,但出于情面他不会无动于衷的。督察先生,走之前不喝点儿东西?确定不喝点儿什么了?没帮上你什么忙真是不好意思。"

3

"长官,你听我说,知道我发现什么了?"

克拉多克看着神情激动的韦瑟罗尔。

"哦,发现了什么?"

"我知道他是谁了,那家伙,我一直在找他,他突然出现了。他参与了迪基·罗杰斯的罐装食品生意,但从他身上什么都没查到——太狡猾了,他现在和索霍区的人有联系。走私一些手表和意大利产的东西。"

没错!克拉多克现在意识到为什么第一次看到阿尔弗雷德的时候感到有些熟悉。那都是些小问题——不能定他的罪。阿尔弗雷德一直在打走私的擦边球，说着一口漂亮话，让人觉得他是无辜的。警方很肯定的是他一直有稳定的收入，但是不多。

"这就能解释一些事了。"克拉多克说。

"你觉得是他杀的？"

"我没说他是行凶的人，但能说清楚其他事——他为什么找不到不在场证明。"

"嗯，这对他可不利了。"

"不一定，"克拉多克说，"他只要一口咬定说记不清了——很聪明的说辞，很多人确实连一周前他们在哪儿、干了什么都不记得，不想让人知道你那段时间干了什么的时候，就更有用了——比如说，和迪基·罗杰斯的人在停下车的地方碰面。"

"你认为可以排除他的嫌疑？"

"我还没想好可以排除谁，"克拉多克说，"韦瑟罗尔，你都去查查。"

回到自己的办公桌前，克拉多克坐下来，眉头紧锁，在本子上记下一些东西。

凶手（他写下）……是一个深色头发的高个子男人！

受害者……可能是玛蒂娜，埃德蒙德·克瑞肯索普的女朋友或遗孀。

也可能

是安娜·斯特拉温斯卡。在差不多的时间失踪，年纪，外形和着装相近，就目前所知，跟拉瑟福德庄园没有关系。

可能是哈罗德的第一任妻子！重婚！

可能是某人的第一个情妇。勒索！

如果和阿尔弗雷德有关系，可能是勒索，因为死者知道那样会把他送进监狱？

如果是塞德里克——可能在国外和他有联系——巴黎？巴利阿里群岛？

也可能

受害者是假扮成玛蒂娜的安娜。

也可能

受害者是一个不明身份的女人，被一个不明身份的凶手所杀！

"最有可能的是后者。"克拉多克大声说道。

他想着现在的情况，有些惆怅。要查一个案子，找不到作案动机，是很难查下去的。而目前所有可能的动机要么不充分，要么有些牵强附会。

如果杀人凶手是老克瑞肯索普……倒是有很多动机……

他突然灵光一现……

在本子上又写下了几行字。

询问坎佩尔医生关于圣诞节生病的事。

塞德里克——不在场证明。

向马普尔小姐了解最近的传言。

第十六章

克拉多克到麦迪逊路四号时,看见露西和马普尔小姐在一起。

他想知道在破解杀人案的这场"战役"中,露西到底是敌人还是盟友。犹豫了片刻之后,他把露西列为一个重要的盟友。

在互相问候之后,他一本正经地拿出三镑纸钞,又拿出三先令放在桌上,把钱一起推到马普尔小姐跟前。

"督察先生,这是干什么?"

"问诊费。你是杀人案的专业医生!知道脉搏、体温、当地的反应以及可能导致杀人案的深层次的原因,我只是本地一个穷困潦倒、疲惫不堪的全科医生。"

马普尔小姐看着他,露出了会心的一笑,他对着马普尔小姐也咧嘴一笑,露西小舒了一口气后大笑起来。

"克拉多克督察——为什么?你也有普通人的一面。"

"嗯,我今天下午不当班。"

"我跟你说过我们之前见过面,"马普尔小姐对露西说道,"亨利·克利瑟林爵士是他教父,也是我的老朋友。"

"爱斯伯罗小姐,想听听我教父是怎么形容她的吗——是我们第一次见面的时候吧?他说她是最厉害的侦探女王——出众的天资加上后天的良好培养,他说我们绝不能轻视这群——"克拉多克突然停下来，在找"老东西"的同义词，"——呃，老年妇女，她们经常能告诉你可能发生了什么，应该会发生什么，实际上发生了什么！而且，"克拉多克说，"她们可以告诉你发生的原因，他还说，在这方面——呃——老年妇女——无人能及。"

"哇！"露西说，"这就是一纸鉴定书。"

马普尔小姐面色微红，神情扭捏、不知所措。

"亲爱的亨利爵士，"她细声细语地说道，"总是那么的友善，说真的，我一点儿也不聪明——可能只是，对人的天性有些了解吧——因为住在乡下——"

她镇定了一些，继续说道：

"当然，没有去过现场，我的推测也是有局限的。我经常觉得，如果一个人让你想起了另一个人，就会给你的推测带来很大帮助，因为人是有相似性的，这一点非常有指导意义。"

露西没太听懂，克拉多克却心领神会地点点头。

"你已经去那儿喝过茶了，对吧？"克拉多克问道。

"嗯，是的，很高兴，有点儿失望的是我并没有看见老克瑞肯索普先生——当然，不可能事事如我所愿。"

"你感觉，如果见到了凶手，你会认出来吗？"露西问。

"亲爱的，我不敢那样说。人总是喜欢猜测——而对于杀人案这种严肃的事情，仅仅靠猜就大错特错了，我们需要做的应该是去观察有关联的人——或者是可能有关联的人——看看他们让你想起了谁。"

"就像塞德里克让你想到了银行家？"

马普尔小姐更正了他的说法。

"是银行家的儿子。而伊德先生本人更像哈罗德——非常保守——可能有点儿太爱财——这一类的男人，他们会花很大力气避开那些对他们不利的传闻。"

克拉多克微微一笑,问道:

"那阿尔弗雷德呢?"

"他让我想到了汽车修理厂的詹金斯,"马普尔小姐立刻答道,"他并没有偷零件,但他经常拿坏的千斤顶换好的。我觉得他在电池的事上也耍了滑头——虽然并不清楚具体情况——我知道雷蒙德不和他一起干了,去了米尔切斯特的汽车修理厂。而艾玛,"马普尔小姐思考着说道,"让我想起了杰拉尔丁·韦伯——衣着朴素,不注意外表——被她母亲控制得死死的,出乎意料的是,她母亲的突然离世让杰拉尔丁继承了一笔丰厚的财产,之后,她把头发剪了,烫了发,坐着游艇出去游玩了一阵,回来便嫁给了一个很好的律师,生了两个孩子。"

这种对比已经很详细了。露西心神不定地问道:"你觉得之前应该把关于艾玛结婚的那番话说出来吗?她那几个哥哥好像被弄得有些不安。"

马普尔小姐点点头。

"应该,"她说道,"那几个兄弟也是如此——看不清眼前的情况,我觉得你也没注意到。"

"确实没有,"露西表示同意,"我从没有想过那种事。在我看来,他们都——"

"太老了?"马普尔小姐淡然一笑。"但坎佩尔先生才不过四十出头,尽管他已两鬓斑白,但显然很向往家庭生活。艾玛还不到四十岁——这个年纪结婚成家还不算太大。我听说医生的妻子死于难产。"

"我感觉她也是这样想的,艾玛有天还跟我说起过他的一些事。"

"他肯定很孤单，"马普尔小姐说，"一个忙碌、努力的医生需要一个妻子——一个善解人意、年纪相仿的女人。"

"马普尔小姐，我问个问题，"露西说，"我们是在查案，还是在帮人做媒？"

马普尔小姐的目光机灵地一闪。

"恐怕要让你失望了，我还是更喜欢做些浪漫的事，可能因为我年纪大了，又没有经历过爱情。亲爱的露西，在我看来，你已经完成了我们的约定，如果你真想在接下一个活儿之前还休个假的话，你还有时间去个不太远的地方旅游一番。"

"离开拉瑟福德庄园？不可能！我现在跟那群孩子一样，就是一个侦探，他们整天寻找证据。昨天翻了一天的垃圾箱，那气味真叫人恶心，但他们压根儿不知道自己要找什么。克拉多克督察，如果他们兴高采烈地拿着一张纸片去找你，上面写着，玛蒂娜——想活命就别靠近长仓库！你就知道我是在同情他们，把那张纸片放在了猪舍！"

"为什么放在猪舍？"马普尔小姐觉得很有意思，问道，"他们养猪吗？"

"没有，现在不养了，只是我有时候会去那儿。"

不知道是什么原因，露西的脸突然涨红了。马普尔小姐看着她，更感兴趣了。

"现在谁在庄园？"克拉多克问道。

"塞德里克在，布莱恩周末过来，哈罗德和阿尔弗雷德明天来，他们上午打电话告诉我的。克拉多克督察，我怎么感觉你让他们有些坐不住了。"

克拉多克笑了。

"我吓唬了他们一下，询问他们去年十二月二十日周五的行踪。"

"那他们记得吗?"

"哈罗德记得。阿尔弗雷德没想起来——也可能是不想说。"

"要证明不在场还是挺难的,"露西说道,"时间,地点,日期,要一一对上号挺不简单的。"

"要花时间和精力——但我们不缺这个。"他看了看手表,"我等一会儿去拉瑟福德庄园和塞德里克谈谈,但在这之前我想先找到坎佩尔医生。"

"现在过去刚好,他在六点有一台手术,一般半小时就做完了。我得回去做饭了。"

"爱斯伯罗小姐,有件事我想听听你的看法,整个家族对玛蒂娜这件事持什么态度?他们私底下是怎么说的?"

露西立刻给出了她的答案。

"他们对艾玛很不满,因为她把这件事告诉了你——对坎佩尔也很不满,好像是他让艾玛去的。哈罗德和阿尔弗雷德觉得玛蒂娜这件事是个骗局,完全是伪造的,艾玛不太确定,塞德里克也觉得这事是讹诈,但他觉得没有那么严重。而布莱恩,他的想法不太一样,好像挺相信这事的真实性。"

"我不太明白,他为什么这么肯定?"

"哎,布莱恩就是那样,容易被事情的表象迷惑。他觉得玛蒂娜是埃德蒙德的妻子——或是遗孀——她虽然突然返回了法国,但他们之后还会收到她的来信,可目前为止,她没有写过信,也没发过电报什么的。这在他看来也是很正常的,因为他自己从不写信。布莱恩很可爱,就像一只等主人带出去散步的小狗。"

"那你带他出去散步了吗?"马普尔小姐问道,"去了猪舍?"

露西机灵地给马普尔小姐使了个眼色。

"那个房间里,来来往往有那么多男士。"马普尔小姐默默地想着。

虽然她在维多利亚时代之后才出生,但马普尔小姐说"男士"这个词的时候,经常用维多利亚时代的腔调,让人仿佛置身于那个年代,脑中会立刻出现一个血气方刚的男人——也许有胡子——虽然有时不那么招人喜欢,但一定是男子气概十足的。

"你是个漂亮的姑娘,"马普尔小姐夸奖了露西一番,"我看他们一定献了很多殷勤吧?"

露西脸上泛起了一丝羞意,脑中闪现出一些记忆的片段:猪舍里,倚墙而靠的塞德里克,厨房的桌子边坐着苦闷的布莱恩,阿尔弗雷德帮她收咖啡杯时触碰到的指尖。

"男人,"马普尔小姐说道,语调就像在谈论某种危险的未知物种一样,"即使不再年轻——在某些方面都有相似之处……"

"亲爱的,"露西大声回答,故意提高了嗓门,"如果在一百年前,你肯定被当成女巫给烧死了!"

接着她把老克瑞肯索普求婚的事说出来了。

"事实上,"露西说,"用你的话说,他们确实向我献了殷勤,但哈罗德还是很正直的——给我的条件是城里工作上的优厚待遇,我觉得这跟我的外表没什么关系——他们肯定以为我知道些什么。"

她笑了起来。

克拉多克并没有笑。

"多留个心眼,"他提醒道,"他们不是想接近你,可能是想谋害你。"

"这就更好理解了。"露西同意他的看法。

她微微哆嗦了一下。

"男孩们很开心,"她说,"大家都快忘记谋杀了,几乎要把这当成游戏了,但这绝不是场游戏。"

"没错,"马普尔小姐答道,"杀人案不是游戏。"

她思考了一会儿,提出一个问题:

"这些孩子是不是快开学了?"

"嗯,下周,假期的最后几天他们在斯托达德家过,明天他们就过去。"

"那就好,"马普尔小姐开心地说,"我可不想他们在这儿的时候再发生点儿什么事。"

"你担心老克瑞肯索普先生,觉得下一个被杀的会是他?"

"不是的,"马普尔小姐答道,"他很安全,我担心的是孩子们。"

"那就是担心亚历山大。"

"嗯,但——"

"四处搜寻——寻找线索,男孩喜欢干这种事——但也可能会给他们带来危险。"

克拉多克看着她,在想着什么。

"马普尔小姐,你还是不相信这是一起跟拉瑟福德庄园毫无关系的杀人案。你确定这起谋杀案和拉瑟福德庄园有关联?"

"确定,两者肯定有联系。"

"关于凶手,我们已知他是一个高个子、深色头发的男人,这是你朋友提供给我们的所有特征。而拉瑟福德庄园里有三个兄弟都是高个子,深色头发。死因审判那天,我出来看到三兄弟站在人行道上,等车开过来。他们都背对我,让我很惊讶的一点是,他们穿着厚外套,看起来都一个样子。三个高个子深色头发的男人,实际上,他们三个完全不一样。"他叹了口气,"这下案子难查了。"

"我在想,"马普尔小姐小声说道,"一直在想是不是我们考虑得太复杂了,杀人凶手一般都很简单——作案动机明显……"

"马普尔小姐,你相信这个神秘的玛蒂娜吗?"

"我能相信,埃德蒙德和这个叫玛蒂娜的女孩结婚了,或者打算娶她。我知道艾玛给你看了他的来信,以我的观察和从露西那儿所了解的,这整件事不太可能是艾玛编造的——再说了,她这么做有什么必要?"

"所以我们暂且认为玛蒂娜的事是真的,"克拉多克若有所思地回答,"有这样一个动机,玛蒂娜的再次出现,还带着一个儿子,会分掉一笔克瑞肯索普家族的遗产——虽然这看起来很难引发一起杀人案,但他们现在都很需要钱——"

"哈罗德也是如此?"露西有些不大相信地问道。

"跟外表截然相反的是,即便是看起来大富大贵的哈罗德也不是一个理性、节制的金融家,他往一些收益并不好的风险投资里面扔了很多钱,抽不出身,急需一大笔钱来避免破产。"

"但即使这样——"露西欲言又止。

"嗯——"

"亲爱的,我知道你的意思,"马普尔小姐说道,"他下手的对象错了,你是要说这个吧。"

"嗯,玛蒂娜的死不能给哈罗德——和其他人带来任何益处,除非——"

"除非老克瑞肯索普死了,对,我也这样想过,据我从他的医生那儿了解到的信息,老克瑞肯索普的身体比其他人想得要好得多。"

"他还可以活好多年呢。"露西说,说完后她皱了皱眉。

"怎么？"克拉多克问，他想知道更多。

"圣诞节的时候他病得不轻，"露西说，"他说医生小题大做了——'这样一来其他人会觉得我被投毒了。'他是这样说的。"

她有些不确定地看着克拉多克。

"嗯，"克拉多克说，"我正想问坎佩尔医生这件事。"

"那个，我得走了，"露西说，"天哪，很晚了。"

马普尔小姐放下了织物，拿起《泰晤士报》，上面的纵横字谜刚做了一半。

"要是有本字典就好了，"她自言自语，"Tontine[①]和Tokay[②]，我经常把这两个词弄混。我记得有一个是匈牙利的葡萄酒。"

"那是Tokay，"露西在门口转过头来说道，"一个是五个字母的单词，一个是七个字母的，提示是什么？"

"哦，这不是纵横字谜上的，"马普尔小姐含糊地回答，"是我在想着两个单词。"

克拉多克非常严肃地看着马普尔小姐。他说了声再见便离开了。

[①]唐提式养老金制。
[②]匈牙利产葡萄酒。

第十七章

1

坎佩尔的手术还没做完,克拉多克只能多等几分钟了。过了一会儿,坎佩尔过来了,他看起来有些疲惫,心情不太好。

他给了克拉多克一杯酒,克拉多克接过去,他又给自己倒了一杯。

"一群可怜的家伙,"他感叹道,瘫坐在一张老旧的安乐椅上,"怕成这个样子,却又笨到这个程度——真让人搞不明白,今晚的手术太痛苦了,一个一年前就应该过来看病的女人,如果她当时来了,今晚的手术可能很顺利,现在一切都太迟了。我快疯了,人真是个奇怪的混合体,既有刚强的一面,也有懦弱的一面,一点儿没错。她饱受病痛折磨,却忍着一个字也没说,因为她怕去医院发现她所恐惧的变成了现实,还有一种人就是来浪费我的时间,因为手上长了一个看似很危险的肿块,他们觉得可能是癌症,最后却发现是冻疮!算了!别说我了,我已经发泄完了,你今天过来找我有事吗?"

"首先是来谢谢你,感谢你的建议,让艾玛小姐带着她哥哥遗孀的那封信过来找我。"

"哦,这个?这有什么?其实我并没有提这个建议,是她自己想去,她很焦虑,只是她那几位亲爱的哥哥都不让她去。"

"为什么不让?"

坎佩尔耸了耸肩。

"是不是害怕他们真有一位嫂子。"

"你觉得这封信是真的?"

"不清楚,我没看过那封信,依我看不是玛蒂娜写的,而是一个知道实情的人写的,她希望利用艾玛对她哥哥的感情捞一笔钱,其实这几个兄弟都错了,艾玛又不蠢,如果不是已经了解了一些比较实际的问题,她不会接待一个素未谋面的嫂子。"

坎佩尔有些摸不着头脑,问道:

"但为什么问我的看法?这跟我没什么关系。"

"实际上我来是问你一些其他的事——但我不知道该怎么说。"

坎佩尔立刻来了兴趣。

"我知道不久前——好像是,圣诞节时——克瑞肯索普先生得了一场大病。"

他见坎佩尔脸色马上变了——变得严肃了起来。

"是的。"

"听说是肠胃紊乱之类的病?"

"嗯。"

"这就比较难理解了……克瑞肯索普老先生常夸自己身体好,说他要比家里的大部分人活得长些,坎佩尔医生,他说你——请见谅……"

"不用介意,我不在意我的病人对我的评价!"

"他说你是一个老古板,总是大惊小怪。"坎佩尔听了这话,只是一笑置之,"问了他很多问题:他吃了什么,谁做的,谁服侍的他。"

坎佩尔收起笑容,表情又严肃了起来。

"是这样的。"

"克瑞肯索普老先生还说了些其他的,像——'按坎佩尔的说法,有人给我下了毒。'"

两人沉默了一会儿。

"你有过——这种疑虑?"

坎佩尔并没有立刻回答。他起身来回踱步。终于,他走到了克拉多克身旁。

"你究竟想让我说什么?你认为一个医生没有一点儿证据,会四处去说怀疑有人投毒?"

"我只是想私底下问问,你是不是——有过这样的想法?"

坎佩尔的话有些闪烁其词。

"克瑞肯索普老先生的生活十分俭朴,只有全家人都回家吃饭时,艾玛才会多买些食物,结果就发现——非常严重的肠胃炎,发病症状和诊断结果是一致的。"

克拉多克并没打算就此放弃。

"哦。对这个诊断你很肯定?你一点儿都不——疑惑?"

"行了,行了。就依你想听的说吧,我有疑惑!这样回答你满意了吧?"

"让我觉得很有意思,"克拉多克回答道,"你到底是在怀疑——还是在恐惧什么?"

"肠胃病的情况有很多种,但有些症状更像是砒霜中毒而不是普通的肠胃炎,提醒你一句,这两者差别很小,比我更厉害的医生都判断不了砒霜中毒——只得一五一十地在诊断书上写上肠胃炎。"

"那你调查的结果是什么?"

"我怀疑不太可能,老克瑞肯索普先生跟我说,在我来之前他也犯过同样的毛病,他说,都是一个原因——吃太多的时候就会犯这个毛病。"

"也就是家里人比较多的时候?比如说几兄弟都回来了?来客人了?"

"嗯,应该是这个样子。但克拉多克,说实话,这个回答我一点儿都不满意,我给莫里斯老先生写了封信,他之前是我的老合伙人,我跟他合作没多久他就退休了,克瑞肯索普老先生原本是他的病人,所以我问了一下克瑞肯索普老先生之前所得过的病。"

"那得到的回应是?"

坎佩尔露齿一笑。

"被讽刺了一番,回信说让我别犯傻了。好吧,"——他耸了耸肩——"之前我确实太傻了。"

"我在思考。"克拉多克沉思着说。

思考过后,他决定实话实说。

"坎佩尔医生,我就直截了当地说了,有人能从卢瑟·克瑞肯索普的死获得一大笔钱。"坎佩尔点点头,"他虽然是个老人了——但还算矍铄,可以活到九十多岁?"

"没什么问题,他一直重视保养,体格也还算强健。"

"他的儿子、女儿,年龄也越来越大了,他们是不是因为钱的原因都等不及了?"

"你别怀疑艾玛,她不是投毒者,这种症状只在家里来其他人的时候出现——只有他们父女俩在家的时候,克瑞肯索普老先生没出现过这种症状。"

"万一是她呢——还是得留个心眼。"克拉多克思考着,用很小的声音自言自语道。

他沉默了一会儿,又开口了,非常注意自己的用词。

"当然——医学上我是外行——但是否可以假定砒霜确实已经被食入——只是老克瑞肯索普先生侥幸逃过一劫?"

"督察先生,"坎佩尔说道,"你的这种想法就很奇怪了。正如莫里斯老先生信中所说,是实际情况让我相信是自己犯傻了。这么说吧,很明显的一点是,他的症状显示,并不是小剂量砒霜的定期摄入——也就是常规意义上的砒霜投毒,而且老克瑞肯索普先生没有任何慢性的肠胃毛病,所以突患肠胃病的可能性几乎为零,那么,我们可以假定病因是非生理性的,这样一看,投毒者好像每次都失手了——这在实际情况中是不太可能的。"

"你的意思是投毒者每次投放的剂量都不足?"

"是的,但也有可能是克瑞肯索普老先生体格比较强壮,换其他人就可能起作用,但对他不行,个人体质是必须考虑在内的。但你会想,除非是个胆小如鼠的投毒者,否则他应该增大剂量了,但为什么没有呢?

"这个,"他继续说道,"有可能这个假定的投毒者根本不存在!可能从头到尾都是我的胡思乱想。"

"确实很奇怪,"克拉多克表示赞同,"完全说不通。"

2

"克拉多克督察!"

这个急切而轻巧的声音把克拉多克吓了一跳。

他正准备按门铃,亚历山大和他的朋友斯托达德从暗处蹑手蹑脚地走了过来。

"我们听到你的汽车来的声音了,我们正想找你。"

"那,我们进去说。"克拉多克把手再次伸向门铃,但亚历山大使劲儿扯了扯他的外套。

"我们找着一条线索了。"他气喘吁吁地说道。

"嗯,我们找着一条线索了。"斯托达德又把他的话重复了一遍。

"露西做了什么!"克拉多克想,心中有些不快。

"做得好,"他的语气很敷衍,"我们进屋看看。"

"不行,"亚历山大坚持不进屋,"会有人干扰我们的,去马具室吧,我们带路。"

虽然不太情愿,克拉多克还是被两个孩子带到了庄园的一角,距离马厩很近。斯托达德推开一扇厚重的大门,打开电灯,灯光有些昏暗。在维多利亚时代,军队过分注意整洁和闪亮的仪容,那时马具室经历了自己最辉煌的时期,可现在只是间杂物堆放室,堆着破旧的花园椅,长满铁锈的园林工具,破旧的大型除草机,发霉的春季床垫、吊床和破碎的网球网。

"我们来过这儿很多次了,"亚历山大告诉克拉多克,"这里可以不受打扰。"

房内确实有使用过的迹象,退色的床垫被堆成了沙发床,一张老旧桌子上放着一听巧克力饼干,还有几个苹果、一盒太妃糖和一块七巧板。

"督察先生,真的是一条线索,"斯托塔德有些按捺不住,说道,他的眼睛在眼镜后面闪烁着激动的目光,"我们今天下午找到的。"

"我们已经找了很多天了,在灌木丛里找了——"

"空心树里也找了——"

"还翻过垃圾箱——"

"事实上,还从里面找到了写着很有意思的话的纸条——"

"之后我们还去了锅炉房——"

"希尔曼老先生管着一个很大的镀锌的桶子,里面有很多废纸——"

"因为锅炉熄灭了,他要把它重新点着——"

"只要有没用的废纸。他就把它捡过来,塞进桶子里——"

"我们就是在那儿发现的——"

"发现了什么?"他们的一唱一和被克拉多克打断了。

"证据,斯托塔德,小心点儿,把你的手套戴上。"

斯托塔德,就像流行的侦探小说里写得那样,郑重其事地拿起了一双不怎么干净的手套,从兜里拿出一个装柯达相片的袋子。小心翼翼地拿出一个沾着尘土、满是褶皱的信封,慎重地递给了克拉多克。

两个男孩十分激动,屏住了呼吸。

克拉多克严肃地拿着信封。他喜欢这两个孩子,因此已经做好参与这场闹剧的准备了。

这封信盖了邮戳,里面没有信件,只是一个磨损了的信封——寄往法国第十区克雷桑埃尔维斯一百二十六号,收信人是玛蒂娜·克瑞肯索普。

"算是条线索吧?"亚历山大凝神屏气地问道,"这表明她——埃德蒙德的法国妻子,这个让大家紧张不已的人——来过这儿。她肯定到过这儿了,然后把信封扔在这儿了,看起来也是这样,对吧?"

斯托塔德插了一句:

"看起来她就是那个被杀害的人——督察先生,难道你不认为她就是那个石棺里的死者吗?"

两个男孩焦急地等待克拉多克的回答。

克拉多克表演了起来。

"有可能,很有可能。"他回答。

"这是条很重要的线索,对吧?"

"督察先生,你会检查上面的指纹吧?"

"当然。"克拉多克说。

斯托塔德长舒了一口气。

"我们运气不错吧?"他说,"还是在最后一天。"

"最后一天?"

"对啊,"亚历山大说道,"明天我就去斯托塔德家了,假期最后的几天我都会待在那儿,斯托塔德家的房子很大——安妮女王风格的,对吧?"

"威廉和玛丽风格的。"斯托塔德回答。

"我记得你母亲说过——"

"我妈妈是法国人。她不懂英国的建筑。"

"但你父亲说它是建于——"

克拉多克在检查信封。

聪明的露西,她是怎么伪造邮戳的?他拿近了一些看,但灯光太暗了。孩子们肯定很开心,他却有点儿尴尬。露西,怎么想的,没有考虑这方面。如果这是真的,会带来一系列影响。那……

在他身边,两个孩子正在激烈地争论着建筑风格。他却一点儿也听不进去。

"孩子们,走吧,"他说,"我们进屋去,你们提供的线索很有用。"

第十八章

1

克拉多克和两个孩子从后门走进庄园,看起来他们经常从这儿进出。厨房很敞亮,看着让人心情不错,露西围着一条白色大围裙,正在滚油酥面团。而靠在碗柜旁,一动不动、目不转睛地看着露西的那个人是布莱恩,他一只手捋着那浓密的胡子。

"老爸,"亚历山大亲昵地问候了一句,"你又过来了?"

"我喜欢待在这儿,"布莱恩说,又补充了一句,"爱斯伯罗小姐不会介意的。"

"嗯,我不介意。"露西说道,"克拉多克督察,晚上好。"

"来厨房办案吗?"布莱恩感兴趣地问。

"是来办案的,不过不是在这儿,塞德里克先生还在吧?"

"哦,是的,他还在,你找他?"

"对,我想跟他谈两句,麻烦转告一下。"

"我去看看他在没在屋里,"布莱恩说,"他可能去附近闲逛了。"

他把身体从碗柜边挪开。

"麻烦你了,"露西对布莱恩说道,"要不是我手上全是面粉。"

"你在做什么?"韦斯特着急想知道答案。

"桃肉饼。"

"好啊。"韦斯特说。

"晚餐时间快到了吗?"亚历山大问道。

"还没。"

"天哪!我饿死了!"

"食品柜里还有点儿姜饼。"

两个孩子步调一致地跑上前,打开柜门。

"真是两个小饿鬼。"露西说道。

"恭喜你。"克拉多克说。

"恭喜——什么?"

"这东西——你做得很巧妙!"

"什么东西!"

克拉多克指向那个装信封的袋子。

"做得很像。"他说道。

"你在说什么?"

"这个,姑娘——这个。"他抽出了一截。

她看着克拉多克,不知所云。

克拉多克突然觉得有些混乱。

"这个不是你做的——然后放到锅炉房,好让孩子们找到?赶紧——告诉我。"

"压根儿听不懂你在说什么,"露西答道,"你是说——"

布莱恩回来了,克拉多克迅速把袋子塞进了口袋。

"塞德里克在书房,"他说道,"你可以过去找他。"

布莱恩又靠在了碗柜上。克拉多克去了大书房。

2

见到克拉多克时,塞德里克看起来还挺高兴的。

"调查得这么深入了?"他问道,"有进展吗?"

"可以说有了些进展,塞德里克先生。"

"找出死者是谁了?"

"还不确定,但已经相当有眉目了。"

"工作卓有成效啊。"

"由于最近知道了些新情况,所以我们想证实几个问题,你现在正好在这里,因此我想从你开始问起。"

"我在这儿待不了多久了,过一两天就回伊比沙岛了。"

"看来我来得正是时候。"

"那就问吧。"

"请你详细说明你去年十二月二十日周五时在哪儿,干了什么。"

塞德里克瞥了他一眼,身子向后仰了仰,打了个哈欠,装作若无其事的样子,努力回想起那天的情况。

"嗯,之前我和你说过,那时我还在伊比沙岛,因此不太好回答你的问题,因为我在那儿每天做的事都差不多,早上画画,下午三点到五点睡觉,如果光线好的话,可能会找个地方画素描,晚饭前,在广场的咖啡厅,有时候会跟市长喝喝酒,有时候和医生喝喝酒。这之后会简单地吃一顿晚餐。晚上一般都会在斯科蒂酒吧和一些社会下层的朋友聚聚。这样的回答可以吗?"

"塞德里克先生,我更想听实话。"

塞德里克站了起来。

"督察,你这是在侮辱人。"

"是吗？塞德里克先生，你之前跟我说过，你十二月二十一日离开了伊比沙岛，当天就到了英国？"

"就是这样！艾玛，过来一下！艾玛！"

艾玛从隔壁的小客厅走了过来，看看塞德里克，又看看克拉多克，不知道发生了什么事。

"艾玛，你给督察说说，我是圣诞前一个周六到的吧？直接从机场过来的。"

"嗯，"艾玛回答，想知道发生了什么，"你到的时候，正好是午餐时间。"

"我说得没错吧。"塞德里克对克拉多克说道。

"塞德里克先生，你一定很小瞧我们。"克拉多克和颜悦色地说道，"你也知道，这些东西我们是可以查的，你是否可以给我看看你的护照——"

跟克拉多克预计得一样，他僵了一会儿。

"那东西找不着了，"塞德里克答道，"今早还在找，想送到库克家去的。"

"塞德里克先生，你是不想找吧，也不用找了，相关记录表明你实际上是十二月十九日晚上回国的，也许你现在可以说明一下从十九日到二十一日中午，你去哪儿了。"

塞德里克看起来怒不可遏。

"现在的生活真是处处受约束，"他生气地说道，"条条框框，一堆表格，这就是一个官僚制的国家，不能自由出入！总有人问各种各样的问题。为什么要问二十号？二十号有什么特殊之处？"

"那天恰好是命案发生的时间，你可以拒绝回答，但——"

"谁说我拒绝回答了？让我想想，尸检那天关于命案发生的时间你并没有这么确定，是又有了其他信息吗？"

克拉多克没有回答他的问题。

塞德里克瞥了一眼艾玛,问道:

"我们可以去另一个房间谈吗?"

艾玛急忙答道:"你们在这儿谈,我走。"走到门口时,她停了一会儿,转过头来说:

"塞德里克,这是件很严肃的事,如果二十号是杀人案发生的时间,你必须跟兑拉多克督察坦白那天你都做了什么。"

她走进隔壁房间,关上了门。

"善良的艾玛,"塞德里克说,"好吧,事情是这样的,确实,我是十九日离开了伊比沙岛。原本准备在巴黎下机,喊上左岸的朋友出来聚聚的,但不瞒你说,飞机上有一位非常漂亮的女人……实在是秀色可餐,后来,我和她一起下了飞机,她要去美国,但先得在伦敦待几晚,处理些事务,我们十九日晚上到的伦敦,在金斯威大酒店过了一夜,你的侦探们还没发现呢!这种地方从来不用真名——我自称是约翰·布朗。"

"那二十号呢?"

塞德里克做了个痛苦的表情。

"一上午基本都是宿醉的状态。"

"那下午呢,三点以后做了什么?"

"等我想想,嗯,我当时有些精神恍惚,去了趟国家美术馆——真是让人赞叹不已,之后看了场电影,《山那边的罗文娜》,我一直很喜欢西部片,这部电影很棒……之后去酒吧喝了几杯,然后回房间睡了一会儿,晚上十点的时候和这个女孩去了几家热闹的娱乐场所——大部分名字都不记得了——只记得有个地方叫跳蛙,我觉得她都很熟,那晚喝得醉醺醺的,说真的,之后就没什么记忆了,直到第二天起来,宿醉比前一天更严重。女孩儿爬起来去赶她的航班了,我往自己头上倒了些凉水,去药店拿了些硝化甘油,然后才回了拉瑟福德,装作刚从希思罗机场下飞机,我不想让艾玛多想,女人你是知道的——如果不直接回家,就会给她们带来伤害。我不得不找她借钱付出租车费,我当时身上一分钱也没有了,老头子是不会管的,他是不会出钱的,吝啬、没人性的老不死。这样,督察,你满意了吧?"

"塞德里克先生,下午三点到七点,这段时间还可以说得再详细点儿吗?"

"不太可能了,"塞德里克愉快地答道,"在国家美术馆,参观者只会用呆滞的眼神看着你,画展有很多人看,不太可能。"

艾玛再次进了屋子,手里拿着一本记事簿。

"克拉多克督察,你是不是想知道每个人在十二月二十日干了什么?"

"艾玛小姐,那个——呃——是的。"

"我刚才看了一下我的事件薄。二十号我去布拉克汉普顿,参加了一个教堂修缮基金的会议,会议大概在一点一刻结束,我和奥丁顿夫人还有巴特利特小姐在卡迪纳餐馆一同吃了午饭,她们也参加了这个会议,午餐后,之后我去买了些东西,逛了圣诞减价的店铺,还买了圣诞礼物,我去了格林福德、莱尔斯威夫特和布茨,又逛了几家店铺,五点一刻的时候我在三叶草茶馆喝了杯茶,之后去火车站接布莱恩。我下午六点到家时,发现我父亲很不高兴,我给他准备了午饭,但原定下午过来给他泡茶的哈特女士没有来,他很生气,把自己关在房间里,也不和我说话。他不喜欢我下午出去,但我有时是有事才出去。"

"错不在你。艾玛小姐,谢谢。"

他不能告诉她,因为她是个女人,身高只有一米七,所以她那天下午干了什么其实不重要,但他并没有这样说。

"那你另外两个哥哥是之后过来的吗?"

"阿尔弗雷德是周六晚上晚些时候才到,他跟我说下午的时候往家里打了电话,但我不在,而我父亲,不知道是不是生气了,一直不接电话,哈罗德圣诞节前一天晚上才到。"

"谢谢你,艾玛小姐!"

"我知道不该问,"她迟疑了一会儿,"你问这些问题是有什么新发现吗?"

克拉多克从兜里把文件袋拿出来。他用手指一拨,把信封倒了出来。

"请别碰,你认得这个吧?"

"可……"艾玛看着他,有些困惑,"那是我的字迹,这是我写给玛蒂娜的信。"

"我也觉得是。"

"但你怎么有的?她——你找到她了?"

"我们有可能已经——找到她了,这个空信封是在这儿找到的。"

"在庄园里?"

"庄园外。"

"那——她确实来过了!她……你是不是说——石棺里的就是——玛蒂娜?"

"艾玛小姐,很有可能,"克拉多克用平静的口吻说道。

克拉多克回到城里时,这种可能性就更大了,来自阿蒙德·德森的一封电报放在了桌上。

"有名女孩收到了安娜·斯特拉温斯卡寄来的明信片。游艇的故事无疑是真的!她已经到了牙买加,借你的话说,她过得很开心!"

克拉多克把信纸揉成了一团,扔进了废纸篓。

3

"不得不说,"亚历山大说,他坐在床上,若有所思地啃着一块巧克力棒,"今天是最刺激的,咱们真的找到了一条线索!"

他的声音里满是惊叹。

"整个假期其实都很刺激,"他高兴地说道,"以后不会再有这种事了。"

"我可不希望再发生这种事了,"露西答道,她正跪着把亚历山大的衣服装进行李箱,"这些太空科幻小说全都带上吗?"

"上面两本不带了,已经看过了。还有足球和球鞋,高筒胶鞋可以分开放。"

"你们乱七八糟的东西带得真多。"

"不用担心。他们会派辆劳斯莱斯来接我们的,他们家有辆很厉害的劳斯莱斯,他们家还有最新款的梅赛德斯奔驰。"

"他们家一定很有钱。"

"钱多得可以在里面打滚了!他们人都很好!但是,我还是想留在这儿,说不准还会再发现一具尸体。"

"最好别再出什么事了。"

"哦,书里经常这样写,那些见了不该见的,听了不该听的人都会被杀。下一个可能是你哦!"他说道,又拿起一根巧克力棒。

"谢谢!"

"但我不希望那个人是你,"亚历山大安慰着露西。"我很喜欢你,韦斯特也是。我们觉得你做的饭菜是世界上最好吃的。你是个很可爱的阿姨,也很理解我们。"

最后两句显然是对她的高度赞扬。露西接受了他的赞美,回答说:"谢谢。但我可不会只为了让你开心,就让自己被杀了。"

"嗯,你最好小心点儿。"亚历山大对她说道。

他啃了几口巧克力棒,一句话也没说,突然仿佛是随口问道:

"如果我爸爸总是过来,你会照顾他的,对吗?"

"嗯,当然。"露西对这个问题有点儿意外。

"我爸的困难在于,"亚历山大告诉她,"伦敦的生活不适合他。他交往的那些女人也不适合他。"他摇了摇头,表情很担忧。

"我很爱他,"他说,"但他需要一个能照顾他的人,他总是四处游荡,交往的女人也不合适。之前是我妈妈在照顾她,可惜她去世了。他需要稳定的家庭生活。"

他又拿了根巧克力棒,一本正经地看着露西。

"亚历山大,最后一根了,"露西用请求的口吻说道,"吃多了会生病的。"

"不会的。我之前一次吃六根也没事,我可没那么容易生病。"他沉默了一会儿,说道:

"我爸他喜欢你。"

"代我谢谢他。"

"虽然有些方面挺傻的,"他用身为布莱恩儿子的口气说道,"但他是一个有趣的、优秀的战斗机飞行员,很勇敢,人也很好。"

他又顿了一会儿。抬起头来看着天花板,像是自言自语地说着:

"我觉得,真的,如果他能再婚该多好啊……找个人品好的……我并不介意有个后妈……只要她人好,就……"

露西意识到亚历山大说这番话是有目的的,这让露西不禁吃了一惊。

"那些继母之类的说法,"亚历山大继续说道,仍然看着天花板,"都已经过时了。韦斯特和我认识的很多同学都有继母——离过婚什么的——他们都过得还不错。不过也得看继母。虽然学校运动会的时候让你过去会有些不自在什么的,我说的是到时那儿可能有两对父母。如果想要融入新家庭,那也是个机会!"对于这个现代生活中很常见的问题,他沉默了一会儿,"有家,有爸爸妈妈是最幸福的事——如果妈妈不在了——你知道我要说什么吧?如果继母是个好人的话。"亚历山大连续三次提到了继母。

露西很感动。

"亚历山大,你很懂事,"她说道,"我们会努力给你爸爸找个好妻子的。"

"嗯。"从亚历山大的回答看不出他的态度。

他突然又说:

"我记得刚才跟你说过了,我爸他很喜欢你,他跟我说的……"

"这儿,"露西暗自想着,"做媒的还真不少,先是马普尔小姐,现在又是亚历山大。"

不知怎的,猪舍突然闪现在她脑中。

她站了起来。

"亚历山大,晚安。明早你把要洗的东西和睡衣放进箱子里就行了。晚安。"

"晚安。"亚历山大说着,钻进了被窝里,闭上眼睛,看起来就像是个沉睡的小天使,一会儿便睡着了。

第十九章

1

"还不能下定论。"威瑟罗尔说,依然是往常那副忧郁的神情。

克拉多克正在看有关哈罗德十二月二十日不在场证明的调查报告。

下午三点三十分时,有人在索斯比拍卖行看到了哈罗德,但据说他没待多久就离开了。拉塞尔茶馆没人能认出他的照片,下午茶时间进出的人很多,而他又不是那儿的常客,因此没人认识他也不奇怪。他的男仆证实他在七点一刻——有可能比这更晚些的时候回家换了衣服去参加晚宴,因为晚宴是七点三十分开始,所以哈罗德有些急躁,但男仆并不记得那晚听到了哈罗德回家的声响,但因为已经过去了几周,所以有些记不太清了,况且他常常听不见哈罗德回家的声响。男仆和他妻子休息的时间一般都很早。马厩的车库——平常哈罗德的车都放在那儿,是他租借的私人车库——车库上了锁,没人注意来往的人群,那晚跟平常没有不同,因此也没人有特别的印象。

"都说明不了什么问题。"克拉多克说着叹了口气。

"他确实出席了在卡特尔大厅举办的晚宴,但讲话还没结束就早早离开了。"

"火车站方面呢？"

"布拉克汉普顿车站和帕丁顿车站都没查到他的相关信息。因为是接近四周之前的事了，所以不大可能有谁能记得什么。"

克拉多克叹了口气，伸手去拿塞德里克的调查报告。同样一无所获，除了一位出租车司机记得那天下午载了一位旅客去帕丁顿。"看起来有点儿像那小子，脏兮兮的牛仔裤，蓬头散发。他最近才回英国，却发现出租车费又涨了，还骂了几句脏话。"他记得那天，是因为一匹叫克劳乐的马在跑马比赛中得了第一，他在那匹马上押了很多钱，刚把那个男人送到目的地，他就在收音机里听到了消息，于是马上回家庆祝了。

"感谢上帝，感谢赛马！"克拉多克说道，把塞德里克的调查报告放到了一边。

"这是阿尔弗雷德的调查报告。"威瑟罗尔说。

他说这话时声音不太一样，克拉多克抬起头来看了看他，洞察到了什么。威瑟罗尔一副高兴的神情，就像压轴好戏要上演了一样。

总体上说，对他的调查并不让人满意，阿尔弗雷德一个人住，来去的时间没什么规律。他的邻居话不多。而且都是坐办公室的，白天通常不在家，但在报告的最后，威瑟罗尔用他那粗壮的手指指向最后一段。

里基警司之前被安排去调查一起货车盗窃案，当时正在"实在"——一家位于从沃丁顿到布拉克汉普顿的公路边的小餐馆里，盯着几个货车司机，他注意到邻桌坐着的是奇客·埃文斯，迪基·罗杰斯的一个手下，跟他在一起的是阿尔弗雷德。因为在迪基·罗杰斯案出庭时见过，因此一眼便认了出来，他当时在想,这两人在密谋什么事。那时是十二月二十日星期五晚上九点三十分,阿尔弗雷德几分钟后坐上一辆巴士,往布拉克汉普顿方向去了。威廉·贝克是布拉克汉普顿站的检票员,为一位男士检了票,他一眼便认出那是艾玛的哥哥,没多久,二十三点五十五分开往帕丁顿的列车就开动了。他记得那天,是因为一个发了疯的女人说那天下午她看见有人在列车上被杀了。

"阿尔弗雷德吗?"克拉多克把报告放到了一边,问,"阿尔弗雷德?我想想。"

"这就让他有了很大的嫌疑。"威瑟罗尔指出。

克拉多克点点头。确实,阿尔弗雷德可以乘坐下午四点三十三分到布拉克汉普顿的火车,在此期间将死者杀害,然后坐巴士到砖堆,待到晚上九点半时离开。他有足够的时间去拉瑟福德庄园,把尸体从路基上移至石棺里,然后到布拉克汉普顿赶上二十三点五十五分的火车回伦敦。可能迪基·罗杰斯的手下也帮着抬了尸体,尽管克拉多克对此有很大的疑问。虽然这伙人让人厌恶,但不是帮凶。

"阿尔弗雷德吗?"他又反问了一遍。

2

拉瑟福德庄园内,克瑞肯索普家族正在家庭聚餐,哈罗德和阿尔弗雷德从伦敦回来了。很快,大书房内的说话声大了起来,气氛也变得十分紧张。

露西自己调制了一种酒水,她在鸡尾酒里混进了冰块,装在壶里,往大书房送了过去。他们的说话声在大厅里听得很清楚,尽是些冷嘲热讽,大部分都在指责艾玛。

"都是你的错,艾玛,"哈罗德大声斥责道,原本就低沉的声音里夹杂着愤怒,"目光怎么这么短浅,愚蠢至极,如果你没把信送到苏格兰场——引发这些——"

阿尔弗雷德用他那尖尖的声音说道:"你肯定疯了!"

"别怪她了,"塞德里克说,"做了就做了。如果他们发现这人就是失踪的玛蒂娜,而我们对玛蒂娜来信的事又三缄其口,那就更会怀疑我们了。"

"塞德里克,你倒是全然不受影响,"哈罗德十分生气,"他们调查的是二十号,那天你还没回来。对阿尔弗雷德和我来说就很丢人了,幸好我还记得那天下午我在哪儿,干了什么。"

"就知道你肯定记得,"阿尔弗雷德说,"哈罗德,如果你想杀人,肯定也得精心安排一下你的不在场证明。"

"我听说你的运气就没这么好。"哈罗德冷冰冰地回了他一句。

"那倒未必,"阿尔弗雷德回答说,"总比给警方一个看似严谨、实则漏洞百出的不在场证明来得强,辨别这些,警察可是很在行的。"

"如果你再说我杀了那女人——"

"停,大家都别说了,"艾玛大声说,"你们肯定都没有杀人。"

"还跟你们说一句,二十号的时候我回到了英国,"塞德里克说,"而且警察也不是傻子!你我都是怀疑的对象。"

"如果不是因为艾玛——"

"好了,哈罗德,别又说起来了。"艾玛的声音依然很大。

坎佩尔从小书房走了出来,刚才在里面跟老克瑞肯索普聊天,他的目光落到了露西端着的酒壶上。

"这是什么?有什么要庆祝的吗?"

"是为了平复一下大家的心情,他们在那儿吵得不可开交。"

"吵架?"

"基本上是在指责艾玛。"

坎佩尔抬了抬眉毛。

"是吗?"他从露西手中接过酒壶,打开书房门,走了进去。

"晚上好。"

"啊,坎佩尔医生,我想问你个问题。"是哈罗德的声音,他站了起来,有些急躁,"你知道什么是干涉家庭私事吗,还让我妹妹去苏格兰场。"

坎佩尔用平和的语调答道:

"艾玛小姐问我的意见,我就给了,在我看来,她一点儿也没错。"

"你竟敢——"

"姑娘!"

这是老克瑞肯索普惯用的称呼。他把小书房的门口开了条小缝,正好在露西身后。

露西极不情愿地转过头去。

"有什么事吗,克瑞肯索普老先生?"

"今晚我们吃什么?我想吃咖喱,你的咖喱做得不错,我们已经很久没吃了。"

"孩子们不喜欢吃咖喱。"

"孩子——孩子,孩子有那么重要?我最重要。再说,孩子已经走了——终于安静了。我要吃热乎乎的美味咖喱,听见了吗?"

"好的,克瑞肯索普老先生,晚餐时你会吃上的。"

"这就对了,露西,你是好女孩,你照顾我,我照顾你。"

露西回到厨房。把之前准备好的炖浓汁肉丁倒了,开始做咖喱,这时突然听见前门砰的一声响,透过窗户,她看见坎佩尔大步离开了庄园,看起来很生气。他钻进车,开走了。

露西叹了口气,她想念孩子们,这也让她想起布莱恩。

行了,就这样吧。她坐下来,开始撕蘑菇。

她还是给大家做了一顿美味的晚餐。

还要给那个粗鲁的人喂饭!

3

凌晨三点时,坎佩尔把车开进车库,关上车库门,走进屋里,疲惫不堪地拉上门。乔希·辛普金斯太太家原本有八口人,这次她又生了对双胞胎。对于这两个小生命的到来,辛普金斯先生却一点儿也高兴不起来。"双胞胎,"他愁容满面地说道,"有什么好的?要是四胞胎,应该会好些,别人会给你东西,女王会给你发贺电,报社记者也会过来,拍照片把消息登在报纸上,但双胞胎有什么,除了原本只喂一个,现在要喂两个,还有什么?我们家没生过双胞胎,我太太家也没有,这有点儿不公平。"

坎佩尔走上楼,回到他的卧室,脱下衣服扔到床上。他看着表:三点过三分。这两个小天使的降临真是奇妙,还好一切都好,他打了个哈欠,累了——想睡个好觉。

电话突然响了。

坎佩尔抱怨了一句,拿起听筒。

"坎佩尔医生吗?"

"是我。"

"我是拉瑟福德的露西·爱斯伯罗,你最好过来一趟,大家好像都病了。"

"病了？怎么会？什么症状？"

露西详细说明了症状。

"我马上过去，在这期间……"他简短地教了些应急措施。

他迅速穿上衣服，往急救包里塞了些东西，匆匆地朝车库走去。

4

三个小时后，露西和坎佩尔都有些精疲力竭了，坐在厨房的桌子边大口大口地喝着清咖啡。

"啊，"坎佩尔喝完一杯，重重地把杯子放到浅碟上，"舒服多了。爱斯伯罗小姐，我们现在去把事情查清楚。"

露西看了看他，疲倦的细纹清晰地出现在他脸上，让他看起来不止四十四岁，鬓角黑发里也掺杂着白发，眼睛周围都生出了皱纹。

"依我看，"坎佩尔说道，"他们暂时都没事了，但怎么会这样？我想知道原因。饭是谁做的？"

"我做的。"露西答道。

"晚上吃了什么？具体一点儿。"

"奶油蘑菇汤，咖喱鸡肉饭，奶油葡萄酒甜点，培根鸡肝。"

"戴安娜吐司。"坎佩尔突然说。

露西微微一笑。

"嗯，戴安娜吐司。"

"哦——让我们一样样来看，奶油蘑菇汤——应该是罐装的吧？"

"当然不是,我自己做的。"

"怎么做的,原材料是什么?"

"半磅蘑菇,鸡汤,牛奶,乳酪面粉糊,柠檬汁。"

"啊,你是不是要说,'肯定是蘑菇的原因'。"

"不是蘑菇,我自己也做过这种汤,喝了也没什么事。"

"当然,我还没忘。"

露西涨红了脸。

"那你是说——"

"我不是那个意思,如果是那样,你是个聪明的女孩,你早就去楼上叫苦不迭了。再说,我也很了解你,为了调查你我费了很大力气。"

"为什么要这样做?"

坎佩尔抿了抿嘴唇。

"了解来这幢庄园工作的每个人,已经是我的一项工作了。你是个年轻善良的女人,做这份工作是为了养活自己,而且在来这儿之前,你和克瑞肯索普家族没有任何联系,所以,那三位男士、塞德里克、哈罗德和阿尔弗雷德都不是你的男朋友——你也没帮他们做什么见不得人的事。"

"你真的想过——"

"我想的事情很多,"坎佩尔说道,"我必须谨慎,这是做医生最不好的习惯。我们继续吧,咖喱鸡饭,你有没有吃?"

"没吃,做咖喱鸡时,我觉得我已经不想闻那种气味了,但我也尝了一口,还喝了点儿汤和奶油葡萄酒。"

"你用什么餐具上的奶油葡萄酒?"

"用的是他们自己的酒杯。"

"那么,这些杯子有多少是干净的?"

"如果干净是指的清洗过的话,每样东西都洗过了,而且放得好好的。"

坎佩尔叹息道。

"有种情况叫好心做坏事,"

"嗯,我知道,但是事已至此。"

"还剩下些什么?"

"还剩了些咖喱鸡——在储藏柜里用碗装着,我本打算用它来做今晚的咖喱肉汤,牛奶蘑菇汤也剩了一些,奶油葡萄酒和培根鸡肝一点儿也没剩。"

"咖喱和汤我带回去化验,那酸辣酱呢?这些菜里有没有放酸辣酱?"

"放了,酸辣酱放在一个石罐里。"

"那个我也取一些回去。"

他站了起来。"我上去看看他们,你能不能在这里待到早上,照看他们?早上八点的时候,我会派一名护士过来,我会告诉她该怎么做。"

"我倒希望你直接告诉我,你认为这是食物中毒——还是——还是——呃,有人投毒?"

"我说过,医生不能想当然——他们得确定。如果化验的结果是食物本身的问题,那我就可以这样说,否则——"

"否则?"露西把他的话重复了一遍。

坎佩尔把手放到她肩膀上。

"有两个人要特别照顾,"他说,"一个是艾玛,我不希望她有什么事……

他的声音有些哽咽,丝毫隐藏不住。"她的生活还没开始,"他说道,"你知道,像艾玛这样的人并不多,善良,没有一点儿坏心眼……艾玛——呃，艾玛对我很重要，虽然我从来没和她提过，但以后我会跟她说的，好好照顾她。"

"相信我，我会的。"露西答道。

"还有一个是老科瑞恩索普先生，我不敢说他是我最喜欢的病人，但他是我的病人，如果他因为那些想要争夺遗产的不孝儿子，或是其中一两个，而撒手人寰的话，那，那我这个医生就白当了。"

他突然用非常奇怪的眼神看着露西。

"这些，"他说道，"算我说多了，你好好照看他们，你是个好姑娘，也请你别说出去。"

5

培根看起来有些烦躁。

"砒霜？"他问道，"砒霜？"

"嗯，在咖喱里发现的，这是剩下的那部分咖喱——可以让你的同事化验一下，我取了一点点，做了个初步化验，结果确切无疑。"

"所以有个投毒者？"

"应该是。"坎佩尔冷冰冰地回答。

"你是说，除了爱斯伯罗小姐，其他人都中毒了。"

"除了她。"

"看起来，她有些可疑……"

"可她可能的动机是什么呢？"

"有可能是神经错乱，"培根给出了自己的解释，"这些人有时候看起来确实很正常，但其实一直都不正常。"

"爱斯伯罗小姐很正常,从医生的角度来说,爱斯伯罗小姐和你,和我的神志一样正常。如果他要在全家吃的咖喱里下砒霜的话,总得有个原因。再说,她是一个聪明的女人,如果真要投毒,她一定会注意,不会让自己成为唯一没中毒的人。她会吃一点儿放了砒霜的咖喱,然后再夸大自己的中毒症状,换成任何一个有点儿脑子的投毒者都会这样做。"

"那样你就辨别不出了?"

"辨别不出她比别人少吃了?有可能,人对毒物的反应是不一样的——同样剂量的毒物,一些人的恶心程度可能要比另一些人严重。当然,"坎佩尔苦笑着说,"一旦病人死了,就能估算出他们摄入了多少。"

"也有可能……"培根沉默了一会儿,正在确认他的想法,"可能家族的某个人假装中毒了——用你的话说,跟大家混在一起为了避免怀疑?这有没有可能?"

"这一点我已经想到了,所以我来向你报告,交给你来调查,我找了一名可以信任的护士照看他们,但她一个人可能照顾不过来。根据我的推测,每个人摄入的剂量都不足以致死。"

"投毒者出错了?"

"不,更像是投毒者在咖喱里加入了一定量的砒霜,制造出食物中毒的假象——因为人们可能会把中毒的原因归于蘑菇,食用蘑菇中毒这种说法已经在人们的脑海中根深蒂固了,在这之后,有个人可能会病情再次恶化,然后死亡。"

"因为他再次摄入了一些毒物?"

坎佩尔点点头。

"所以我立刻过来向你报告,还特别派了名护士去看护他们。"

"她知道砒霜中毒的事了？"

"嗯，不仅她，爱斯伯罗小姐也知道。我无意班门弄斧，如果我是你，我就会去那儿，跟他们说明情况，让他们知道自己都砒霜中毒了，这能起到震撼凶手的作用，让他放弃他的计划。他可能还指望着食物中毒的计划呢。"

培根桌上的电话响了，他拿起电话，说道：

"接进来吧，"他对坎佩尔说，"是你护士的电话。是我——请讲……什么？病情出现反复，更严重了……坎佩尔医生和我在一起……要不要让他接电话……"

他把电话递给了坎佩尔。

"我是坎佩尔……嗯……嗯……没错……嗯，继续，我们马上过去。"

他挂了电话，转过头来看着培根。

"是谁？"

"是阿尔弗雷德，"坎佩尔回答，"他死了。"

第二十章

1

电话那头,克拉多克压根儿不信,他的声音里充满疑惑。

"阿尔弗雷德?"他问道,"阿尔弗雷德?"

培根调整了下听筒,反问道:"没想到吧?"

"确实没想到,本来我准备马上把他逮捕归案的。"

"听说他被检票员认出来了,他运气可真差,我还在想,看来我们是抓到嫌疑犯了。"

"错了,"克拉多克用很肯定的语气说道,"我们的判断错了。"

电话里,两个人沉默了一会儿。然后克拉多克问道:"现场有个护士在照看他们,怎么还会出问题了?"

"不能怪她,爱斯伯罗小姐很困,便睡了一会儿,她一个要照顾五个人,老头儿、艾玛、阿尔弗雷德、哈罗德和塞德里克,照顾不过来。好像是老克瑞肯索普先生弄出了很大的声响,说自己要死了,护士便进了房间,平复一下他的情绪。她又出来,喂阿尔弗雷德喝了一些带葡萄糖的茶,喝完之后就这样了。"

"还是砒霜?"

"看来是,也有可能是病情反复,约翰斯通赞同这种说法,但坎佩尔不这么看。"

"我在想,"克拉多克的语气有些怀疑,"阿尔弗雷德是误送了性命。"

培根觉得很有意思。"你的意思是阿尔弗雷德的死带不来任何好处,而老头儿死后却能让他们家的几个儿女受益?我觉得可能是个失误——凶手可能认为那茶是给老头儿喝的。"

"他们确定毒物是通过茶水进入体内的?"

"不,当然不确定。这名护士很专业,把家里的餐具都洗了一遍,茶杯、勺、茶壶——都洗了,看起来毒药也只有以这种方式进入体内了。"

"这就是说,"克拉多克思考着说道,"有个病人中毒的程度没有其他人深?看准了机会,把砒霜放进去了?"

"不会再让凶手得逞了,"培根说,态度十分坚定,"不包括爱斯伯罗小姐在内,现在有两名护士在这儿,还有几名男同事。你现在过来吗?"

2

露西脸色苍白,看起来有些憔悴,她走过大厅,见到了克拉多克。

"这一晚很难熬吧。"克拉多克说道。

"就像一个很长的噩梦,"露西答道说,"我昨晚真以为他们都死了。"

"这咖喱——"

"是我做的咖喱?"

"嗯,里面很巧妙地掺入了一些砒霜——真是波吉亚的手法。"

"如果这是真的，"露西说道，"那一定——一定——是家里人干的了。"

"没其他可能性了？"

"没有，我开始做这鬼东西的时候已经很晚了——过了六点了——因为老克瑞肯索普先生特别要求吃咖喱，因此我开了一罐新的咖喱粉——这里面肯定什么都没加，我想是不是因为咖喱能盖住味道？"

"砒霜没有味道。"克拉多克有些心不在焉地回答。

"再说说投毒的机会。在你做咖喱的时候，他们之中谁有机会往咖喱里掺东西？"

露西想了一下。

"实际上，"她答道，"我在餐厅铺桌子时，谁都可能溜进厨房。"

"嗯，当时有谁在庄园里？老克瑞肯索普先生，艾玛，塞德里克——"

"还有哈罗德和阿尔弗雷德，他们俩是下午从伦敦过来的，哦，还有布莱恩——布莱恩·伊斯特里，他在晚餐前走了，说是去布拉克汉普顿见个人。"

克拉多克若有所思地说："这和老克瑞肯索普先生圣诞节发病是同一个原因，坎佩尔之前就怀疑过砒霜，昨晚，他们中毒的程度看起来是不是差不多？"

露西回想了一下。"我觉得老克瑞肯索普先生看起来最严重，坎佩尔医生被他弄得团团转。他真是一个敬业的好医生，塞德里克是最害怕的，身体好的人一般都那样。"

"那艾玛呢？"

"也不太好。"

"我在想,为什么死的是阿尔弗雷德?"克拉多克问道。

"我理解你的疑惑,"露西回答说,"我觉得阿尔弗雷德是无谓丧命的。"

"真巧——我也这样问过!"

"好像没什么意义。"

"如果能知道这些事背后的动机就好了,"克拉多克说道,"两起杀人案完全联系不起来。我们先假定,石棺里被勒死的女人是埃德蒙德的遗孀,玛蒂娜,这一点差不多快得到证实了,这事和蓄意毒害阿尔弗雷德的事肯定有联系,事情都发生在这儿,在这幢庄园里。可就算这家有个人精神不正常,也无法把两件事联系起来。"

"的确解释不通。"露西同意他的看法。

"我先走了,你多留心,"克拉多克提醒道,"投毒者就在这幢房子里,记住,楼上有个人的中毒程度没那么深,他是装出来的。"

克拉多克离开后,露西慢慢地走上了楼,她经过老克瑞肯索普先生的房间时,一个有些虚弱但依然专横的声音喊住了她。

"女孩——女孩——是你吗?过来。"

露西走进了房间。老克瑞肯索普靠在枕头上。露西想着,这个病人的状态还不错。

"房子里都是些该死的护士,"老克瑞肯索普先生抱怨道,"走来走去的,不让自己闲着,给我量体温,想吃的不让我吃——肯定要花很多钱,告诉艾玛让她们走,你照顾我就行了。"

"老克瑞肯索普先生,大家都生病了,"露西回答,"你也知道,我一个人同时照顾不了几个人的。"

"蘑菇,"老克瑞肯索普下了断言,"该死的危险东西,肯定是我们昨晚喝的汤有问题,你做的。"他斥责道。

"老克瑞肯索普先生,那些蘑菇没有问题。"

"我没怪你,女孩,我没怪你。之前也发生过,只要里面有一个过期的菌类,大家吃了就会得病,谁也不知道,我知道你是个好女孩,你不是存心这样做的,艾玛怎么样了?"

"下午感觉好多了。"

"哦,哈罗德呢?"

"也好些了。"

"阿尔弗雷德怎么见上帝去了?"

"老克瑞肯索普先生,应该没人告诉你这事才对啊。"

老克瑞肯索普笑了起来,声音响亮尖厉,非常高兴。"我听说的,"他笑着说,"他们想瞒我,可还是没瞒过我这个老头儿。所以阿尔弗雷德死了,对吧?他再也不会缠着我了,也分不着一分钱了。他们都等着我死——尤其是阿尔弗雷德。现在他死了,我真觉得是件好事。"

"你这样说有点儿过分了,老克瑞肯索普先生。"露西严厉地说道。

老克瑞肯索普又笑了起来。"我要比他们活得都长,"他自鸣得意地说道,"你就看着吧,女孩,看着吧。"

露西回到了自己的房间,拿出字典,翻查起"唐提式养老金"这个词。她合上字典,好像想到了什么似的,直愣愣地看着前方。

3

"不明白你为什么过来找我。"莫里斯医生急躁地说。

"你跟克瑞肯索普家族是老熟人了。"克拉多克说。

"是,没错,他们家的人我都认识,约西亚·克瑞肯索普老先生我还有印象,是个难伺候的人——当然,也很精明,赚了很多钱,"他挪动一下老迈的身体,换了坐姿,浓密眉毛下的一双眼睛盯着克拉多克,"所以你相信了那个傻乎乎的年轻人,坎佩尔,这些精力旺盛的年轻医生!总是异想天开。他认为有人想毒害卢瑟·克瑞肯索普,胡扯!传奇剧看多了!他确实有肠胃毛病,我之前是他的家庭医生,但这毛病不经常犯——家里其他人也没什么异样。"

"坎佩尔医生,"克拉多克说道,"认为有可能——"

"做医生可不能瞎想,再说,碰上砒霜中毒,我应该能辨别得出来。"

"很多知名的医生都察觉不到,"克拉多克说明了他的想法,"之前的,"——他回忆了起来——"格林巴罗案,特里女士,查尔斯·利兹,韦斯特伯里的一家三口,都毫无征兆的就死了,出诊的医生丝毫没有怀疑到这上面,那些都是医术高明、久负盛名的医生。"

"行,行,"莫里斯说道,"你就是说我误诊了,但我不这样觉得。"他顿了一会儿,一分钟后又问道,"如果确实是砒霜中毒——那坎佩尔觉得是谁干的?"

"他不知道,"克拉多克回答说,"他有点儿不放心,毕竟,你也知道,"他继续道,"他们家在信托里还有一大笔钱。"

"嗯,我知道,在卢瑟·克瑞肯索普死后,他们就能得到那笔钱了,他们很想要那笔钱。这个没错,但也不能说明他们要杀了卢瑟,以获得这笔钱。"

"确实没有必然联系。"克拉多克认同他的看法。

"还有,"莫里斯说道,"我的原则是怀疑必须要有证据,证据。"他重复了一遍,"刚才你说的着实让我吃惊,这是大范围的砒霜投毒,毫无疑问——但我还是不懂你为什么来找我。我可以告诉你,我之前从没有考虑过砒霜中毒,也许我该怀疑的,该更认真地对待卢瑟·克瑞肯索普的肠胃毛病,但实在是已经过了太久了。"

克拉多克表示了认同。"我此行的目的,是想进一步了解下克瑞肯索普家族。"他说,"这个家族有没有什么奇怪的精神病——心理变态之类的?"

那双浓密眉毛下的眼睛向他射出锐利的目光。"嗯,我知道你可能往这方面想了。呃,约西亚精神非常正常,只是脾气有点儿臭,他们家都有点儿。他妻子出生于一个近亲结婚的家庭,是个精神病患者,有些抑郁症,第二个孩子出生没多久她就死了,可以说,卢瑟遗传了她不太稳定的情绪,不过年轻的时候跟其他人没什么不同,只是经常和他父亲拌嘴。他父亲对他很失望,他可能因此憎恨父亲,而且念念不忘,以至于最后变成了一种强迫症。他结婚之后还是这样,你应该注意到了,如果你跟他说话,可以感觉到他对自己儿子的强烈的厌恶,他喜欢女儿,不管是艾玛还是早逝的艾迪,都喜爱有加。"

"他为什么这么不喜欢儿子?"克拉多克问道。

"那你得换个医生问了——精神科医生,才知道为什么。依我看,卢瑟觉得自己不是一个真正的男人,财务方面的情况让他觉得非常苦恼,每个月有固定的收入,却对资产没有支配权。如果他有权不让他的儿子继承遗产,就不会那样不喜欢他们了,这方面权利的缺失让他感觉很丢人。"

"这就是他对比子女活得更久这种想法如此着迷的原因?"

克拉多克问道。

"可能吧,我觉得这也是他吝啬的根本原因,他靠着每个月的收入,应该存了一大笔钱——大部分应该在税收还没这么高的时候就存下了。"

克拉多克突然有了个假设。"我觉得他应该会把他的积蓄通过遗嘱留给谁吧?他有这个权利。"

"哦,当然,但天知道他留给谁了,可能给艾玛了——但我还是不能肯定,因为她可以继承她祖父的一笔钱——也有可能是给他的外孙,亚历山大了。"

"他很喜欢亚历山大,是吗?"克拉多克问道。

"我在那儿的时候他就很喜欢,因为亚历山大是他外孙,而不是他孙子,这是有区别的,他对艾迪的丈夫,布莱恩·伊斯特里也偏爱有加。我不太了解布莱恩,很多年没见过他们家的人了,但听说战争结束后,他的生活失去了重心,让我觉得有些意外,他具备打仗时所需的一切素质,勇猛、无畏,但他的心定不下来,弄不好会成为一个无业游民。"

"那据你的了解,卢瑟·克瑞肯索普的子女这一辈有没有什么精神方面的疾病?"

"塞德里克很奇怪,天生有叛逆心理,我不能说他有多么正常,但你也许会说,谁又是完全正常的呢?哈罗德非常传统,但我不觉得他的性格好,冷漠,眼里只有能让他获利的机会,阿尔弗雷德有股痞气,经常做坏事,我见他在教堂的大厅的募捐箱里拿钱以及之类的事。唉,他已经死了,还是不要说他的闲话了。"

"那……"克拉迟疑了一会儿,"艾玛呢?"

"不错的姑娘,话不多,经常摸不透她在想什么,有自己的主见,但都不和别人说,她很有性格,跟她那不出众的外表有点儿矛盾。"

"你应该知道埃德蒙德吧,那个死在法国的儿子?"

"嗯,算是他们中最优秀的,热心,有活力,挺好的男孩。"

"那你听说了吗?他在死之前要娶,还是已经娶了个法国女孩。"

莫里斯皱了皱眉。"好像知道一些,"他说,"但已经过去很久了。"

"那时开战没多久吧?"

"对。啊,我敢说如果他没死,他一定后悔娶了个外国妻子。"

"看来确实要后悔了。"克拉多克说。

克拉多克简述了一下最近发生的事。

"我记得报纸报道在石棺里发现了一具女尸,原来是在拉瑟福德庄园。"

"有证据显示这个女人就是埃德蒙德的遗孀。"

"这就奇怪了,不像现实中发生的事,更像是小说里的情节。那是谁要杀这个可怜的孩子——我的意思是,这怎么会和克瑞肯索普家的投毒联系到一起?"

"有两种可能,"克拉多克解释道,"但这两种可能都有点儿牵强。其中一种可能是,有人贪心不足,想吞掉约西亚·克瑞肯索普的所有遗产。"

"如果真是这样,那个人就是个十足的傻蛋,"莫里斯说,"一下子多这么多钱,这笔钱的收入税都够他受的。"

第二十一章

"蘑菇能毒死人啊。"基德太太说道。

最近几天,基德太太这话说了不下十遍,露西一句话也没回她。

"这东西我从来碰都不碰,"基德太太说道,"太危险了。老天保佑,只死了一个人,差点儿全家都因此而丧命。小姐,你也一样,真是幸运地躲过了一劫。"

"不是蘑菇的原因,"露西说,"蘑菇没有毒。"

"难道你不信,"基德太太说,"蘑菇是有毒的,那堆蘑菇里有株毒菇,你还吃了。

"让人哭笑不得的是,"伴随着水池里碟子和盘子碰撞的声音,基德太太继续说道,"怎么坏事都一起来了,我妹妹家的老大得了麻疹,我家欧尼摔了一跤,伤了手臂,我丈夫还长了疖子。都在同一周,很难相信吧?这儿也一样,"基德太太继续说道,"先是一起让人讨厌的杀人案,现在阿尔弗雷德先生又因蘑菇中毒而死了。我想知道,谁会是下一个?"

露西更烦心了,她也想知道答案。

"我丈夫不想让我过来了,"基德太太说,"觉得晦气,我说很早之前我就认识艾玛小姐了,她人很不错,也离不开我,还有,我也不忍心让爱斯伯罗小姐一个人干所有的活儿,这么多托盘很难洗吧。"

露西只能无奈地同意她现在基本上每天都在洗托盘,现在她把洗好的托盘放好,准备把饭给病人送过去。

"那些护士一点儿忙也不帮,"基德太太抱怨道,"她们只知道要一壶又一壶的浓茶,饭都给她们准备好了,累死了,现在我就这感觉。"从她的语气不难发现,她对此非常自豪,尽管其实只是比平常早上多做了一点儿。

露西认真地说道:"基德太太,你从不让自己闲着。"

听了这话,基德太太很高兴。露西从最上面拿了一个洗好的托盘,把饭菜放在里面,端上楼去。

"这是什么?"老克瑞肯索普有些不想吃。

"牛肉浓汤和烤蛋奶糕。"露西回答道。

"拿走,"老克瑞肯索普说道,"不想碰这些东西,跟护士说了我要吃牛排。"

"坎佩尔医生觉得你现在还不能吃牛排。"露西说。

老克瑞肯索普不屑一顾地说:"我已经好了,明天就能起来了,其他人怎么样了?"

"哈罗德先生也好多了,"露西回答说,"他明天回伦敦。"

"终于要滚了,"老科瑞恩索普说道,"塞德里克怎么样——他有没有可能明天走?"

"他还不走。"

"哎,艾玛在干什么?怎么不来看我?"

"克瑞肯索普老先生,她还在床上。"

"女人都很娇惯,"老克瑞肯索普说道,"但你没那么娇惯,"他赞扬了一句,"每天都在忙里忙外。"

"身体得到了很好的锻炼。"露西说。

老克瑞肯索普肯定地点点头。"你不是个娇惯的女孩,"他说,"别忘了我之前和你说的。有天你会看见的,事情通常不是照艾玛的预期发展的,别人说我是吝啬的老男人的时候,别听他们的,我只是对自己的钱比较谨慎,我已经攒了很大一笔钱,等时候到了,我知道该把钱花到谁身上。"他那双色眯眯的眼睛直盯着露西。

露西快步走出了房间,生怕老克瑞肯索普握住她的手。

艾玛又端上来一个托盘。

"哦,谢谢你,露西。我今天感觉好多了。我有点儿饿了,亲爱的,这是好事,对吧?"露西把托盘放到了艾玛的膝盖上,艾玛继续说道,"我真觉得非常对不住你姨妈,你最近没有时间去看她吧?"

"嗯,确实是没时间。"

"只怕她很想你了。"

"艾玛小姐,不用担心,她知道这里最近出了点儿事。"

"你给她打电话了吗?"

"没,最近没打。"

"那去打一个吧,每天都打一个。让老人知道你的情况,这样好一点儿。"

"谢谢你。"露西说道。她下去拿另一个托盘时,良心有些不安,这一家的病情让她没时间去想其他的,她决定在给塞德里克送完午餐后就和马普尔小姐通个电话。

庄园里现在只有一名护士,她在楼梯转角的地方碰见了露西,两人互相问了好。

塞德里克坐在床上,看起来非常整洁、干净,让人不敢相信。他正在一张纸上写着什么。

"你好，露西，"他问候道，"今天又给我带了什么喝的？希望你没撞见那个讨人嫌的护士，用词太没礼貌，不知道怎么的，总是称呼我为'我们'。'我们今天早上感觉怎么样？我们睡得好吗？哦，我们太听话了，总是把床单乱扔。'"他用尖尖的假声模仿起护士讲究的说话腔调。

"你看起来精神不错，"露西说，"在忙着写什么呢？"

"计划，"塞德里克说，"等老头儿死了之后改造这儿的计划。这是一块很好的土地，我没拿定主意：是我自己开发一部分呢，还是一起卖掉，这块地用于工业用途还是很有价值的，庄园可以改建成疗养院或者学校。我还没想好，或者只卖一半，用那笔钱对另一半进行大改造。我还没想好，你觉得哪种方案更好？"

"还不是你的呢。"露西冷冰冰地答道。

"终究是我的，"塞德里克说，"这不像其他东西，它不能分，全都是我的，如果我高价把这块土地卖了，这笔钱就是资产，而不是收入，那我就不用缴税了，到时钱就多得可以当纸烧了，想想吧。"

"我一直觉得你对钱财相当不屑。"露西说。

"没钱的时候，我当然不屑，"塞德里克说，"那样才显得高贵，露西，你真是个漂亮姑娘，还是因为我太久没见过美女了，才这样认为？"

"应该是太久没出门了。"露西说。

"还在忙着照顾大家，管理家务呢！"

"看来已经有人'照顾'过你了。"露西看着塞德里克，说道。

"那个蠢护士，"塞德里克情绪有些激动，"你参加阿尔弗雷德的死因审判了？是什么原因？"

"死因审判延期了。"露西说。

"警察太谨慎了,这种群体投毒事件会让人发生一些变化,不是吗?我指的是精神方面,而不是生理方面。"他接着说道,"姑娘,还是好好照顾自己吧。"

"嗯。"露西说道。

"小亚历山大已经回学校了?"

"应该还跟斯托塔德在一块,他们应该是后天才开学。"

吃午饭前,露西走到电话旁,给马普尔小姐打了个电话。

"非常抱歉我没能过去看你,最近太忙了。"

"亲爱的,没事,没事。再说,现在也没事可做,我们只能等了。"

"嗯,但等什么呢?"

"麦吉利卡迪夫人应该马上就会回家了,"马普尔小姐说,"我给她写信让她立刻飞回来,我说这是她的义务,所以,亲爱的,别太担心。"她的声音非常和气,让人很安心。

"你不觉得……"露西欲言又止。

"觉得还会有人被害?哦,亲爱的,我可不希望再有人死了,但谁也说不准,如果真有人动了恶念,必做出极恶之事。"

"也可能是个精神病患者。"露西说。

"我知道这是一种审视问题的新角度,但我不觉得有这种可能性。"

露西挂了电话,走进厨房,拿起了装着自己午餐的托盘。基德太太脱下围裙,准备走了。

"你没事吧?"她关切地问道。

"当然没事。"露西不高兴地回了句。

她端着托盘,并没有去昏暗、宽敞的餐厅,而是去了小书房。她快吃完的时候,门打开了,布莱恩走了进来。

"嗨,"露西问候道,"没想到你会过来。"

"我猜你也没想到,"布莱恩说道,"大家怎么样?"

"好多了,哈罗德明天就回伦敦了。"

"这事你怎么看?真的是砒霜?"

"确实是砒霜。"露西答道。

"还没上报呢。"

"警方应该暂时把这个消息封锁了。"

"一定有人对我们家心存怨恨,"布莱恩说,"谁有可能溜进厨房往食物里掺东西?"

"我觉得最有可能的就是我了。"露西说。

布莱恩有些焦虑地看着她,露西的回答让他有点儿惊讶。"毒不是你下吧?"他问道。

"不是。"露西答道。

没人能往咖喱里掺东西,咖喱鸡是她做的——一个人在厨房里做的,然后端到了桌上,唯一可能往里面掺东西的人只有坐着吃饭的五个人中的一个。

"我的意思是——你哪儿有什么动机?"布莱恩说道,"你跟他们毫无瓜葛,不是吗?"他继续说道,"希望你别介意我在这时候回来。"

"不介意,当然不会介意,你打算在这儿住吗?"

"呃,有这个想法,不知道会不会给你添麻烦。"

"不会,不会,这算不上麻烦。"

"你也知道,我暂时没有工作,我受够那个工作了。你真不介意?"

"介不介意不用问我,应该问艾玛。"

"啊,艾玛不会介意的。"布莱恩说,"她一直对我很好,用她自己的方式，她很少和人说心里话，其实，大家不了解她的想法。很多人都受不了住在这儿，照顾老人。她还没结婚，挺让人惋惜的，现在年龄也大了。"

"我不这么觉得。"露西说。

"嗯……"布莱恩思考了一会儿，"也许会嫁个牧师吧，"他憧憬道，"她在教区里肯定能发挥很大的作用，也能处理好母亲协会的事，我刚才说了母亲协会吧？我并不知道那是什么，看书的时候看到过，每个周日她都会戴着顶帽子去教堂做礼拜。"他继续说道。

"听起来也没什么让人好期待的。"露西起身，端起托盘。

"让我来，"布莱恩说着，把托盘从她手中接了过来，他们一同走进了厨房，"要不要我帮你洗？我喜欢这间厨房，"他继续说道，"我知道现在的人不喜欢这类东西，但我喜欢这幢庄园。也许我的喜好有点儿不同于常人，但我就是这样。你可以在草坪上轻而易举地停下一架飞机。"他有些激动地说道。

他拿起一块擦玻璃的纤维布，擦拭起勺子和叉子。

"如果这儿都归塞德里克，真是糟蹋了，"他感叹道，"他肯定会把这儿全卖了，然后去国外逍遥。我不明白，为什么英国对于有些人还不够好。哈罗德也不会要这房子，对艾玛来说这房子又太大了。如果亚历山大能继承这幢房子，我们父子俩一起待在这儿，一定会快乐无比，这房子能有个女主人就更好了。"他深情地看着露西，"哎，说这个干什么呢？如果想让这房子能属于亚历山大，其他人都得先死了才行，这是不可能的，不是吗？在我看来，家里这位老小孩活到一百岁没什么大问题，只会给他人徒增烦恼。我觉得他对阿尔弗雷德的死并不怎么伤心，对吗?"

露西简洁地答道:"嗯。他一点儿也不伤心。"

"脾气暴躁的老妖精。"布莱恩笑着说道。

第二十二章

"太可怕了,人们传的那些事,"基德太太说,"我没听,真的,但我堵不了他们的嘴,我是不信的。"她等待着露西的反应。

"哦,这样。"露西答道。

"在长仓库里发现的那具尸体,"基德太太继续说道,她正跪在地上擦试厨房地板,像只螃蟹一样向后挪动着,"他们说她是如何在战时成了埃德蒙德的情妇,又是如何到这儿来,却被疑神疑鬼的丈夫跟踪了,在长仓库里把她杀了。确实很像外国人做的事,但都过去这么多年了,应该不太可能,你说呢?"

"我听着也觉得不太可能。"

"还有更离谱的,他们说,"基德太太说道,"什么都说,多半会吓到你的,有人说哈罗德在外国结了婚,那个女人过来找他,却发现他和艾丽丝结婚了。那女人要把他告上法庭,他约她到拉瑟福德见面,然后把她杀了,藏到了石棺里。你有没有听说!"

"真吓人。"露西敷衍地回了一句,她的心思不在这儿。

"我当然没信,"基德太太一脸正派地说道,"我是不会相信这些传言的,人们会这样想,让我都接受不了,他们几个听到后的反应可想而知。我只希望这些传言不要传到艾玛小姐耳朵里,这会让她心烦意乱的,我不希望这样,她是个待人善良的女士,关于她,我一句坏话都没听过,一句都没有。阿尔弗雷德先生死了,也没人说他闲话了。即使是对他的评判也没有。但爱斯伯罗小姐,这些你一句我一句的传闻,你不觉得可怕吗?"

基德太太说这番话的样子十分享受。

"你听了这么多传闻,真是苦了你了。"露西说。

"是啊,很痛苦,"基德太太说,"确实很痛苦。我跟我丈夫说,我说,无论如何,他们怎么能——"

门铃响了。

"医生来了,爱斯伯罗小姐,你去开门还是我去?"

"我去。"露西回答说。

但来的不是医生。台阶上站着一位身材高挑,气质优雅的女人,身着一件貂皮外套。停在碎石车道旁的是一辆劳斯莱斯,没有熄火,能听见发动机的声音,车里坐着一位司机。

"请问我可以见艾玛小姐吗?"

说话声音很好听,车的噪声让人听不太清楚她的话。女人长得十分漂亮,大约三十五岁,黑色头发,发型很好看,一看便知是花了大价钱做的。

"不好意思,"露西说,"艾玛小姐正卧病在床,不方便见客。"

"我知道她生病了,嗯,但有很重要的事,我必须见她。"

"怕是——"露西刚开口。

这个女人打断了她。"想必你就是爱斯伯罗小姐吧?"她笑了笑,笑容很迷人,"我儿子提起过你,所以我知道,我是斯托塔德·韦斯特,亚历山大现在在我那儿。"

"哦。"露西说。

"真的有重要事情,我必须得见艾玛小姐,"这位小姐继续说道,"我知道她的病情,可以向你保证,这并不是一次简单的社交拜访。因为孩子们跟我说了些事——我儿子说的，我觉得十分重要，想亲自和艾玛小姐谈谈，劳烦，你能问问她吗？"

"请进，"露西招呼那位女士进了大厅，把她带到了会客室，对她说，"我上楼去问问艾玛小姐。"

她走上楼，敲了敲艾玛的门，便打开门进去了。

"斯托塔德·韦斯特夫人来了，"露西说，"她坚持要见你。"

"韦斯特夫人？"艾玛看起来有些惊讶，她脸上突然露出紧张的神情，"孩子们，亚历山大，没事吧？"

"没事，放心，"露西消除了她的疑虑，"我肯定孩子们没事，好像是孩子们跟她说了些什么。"

"那就好，嗯……"艾玛思考了片刻，"我也许该见见她。露西，我看起来怎么样？"

"非常好。"露西答道。

艾玛坐在床上，披着一条浅粉红色的披肩，衬得她的脸颊现出一丝红晕，护士已经把她乌黑亮丽的头发梳得整整齐齐了。露西昨天拾了一碗秋天的落叶，放在梳妆台上，她的房间很漂亮，一点儿都不像一个病人的房间。

"我已经好得差不多了，可以下床了，"艾玛说道，"坎佩尔医生也说明天我就能下床了。"

"你看起来已经完全康复了，"露西说，"我可以让韦斯特夫人上来了吗？"

"可以。"

露西走下楼去，说道："请。"

露西领着韦斯特夫人上了楼，打开门后，等她进去，便关上两扇门。韦斯特夫人走到了床边，伸出一只手。

"艾玛小姐？很抱歉在这个时候打扰你，我好像在詹姆斯学校的运动会上见过你。"

"是的,"艾玛答道,"我还记得你,请坐。"

床边摆好了一把椅子,韦斯特夫人便坐了过去,她用非常低沉的声音说道:

"我这样过来,你一定觉得十分突兀,但事出有因,而且是在我看来非常重要的原因。孩子们跟我讲了这边发生的事情,你也知道他们对于在这儿发生的杀人案十分感兴趣。坦白地说,那时我非常反感,我有点儿害怕,我想让詹姆斯赶紧回家,我丈夫却笑了起来,他说很明显,这起杀人案和克瑞肯索普家族,和拉瑟福德庄园都没有任何关系。他还说,从詹姆斯的来信看来,还有他自己做孩子时的经历来看,詹姆斯和亚历山大两个人显然玩得很疯,我也不忍心把他们带回来。所以我就没管了,同意他们在这儿待到约定的时间,再让詹姆斯把亚历山大带到我家。"

艾玛问道:"你是认为我们应该早点儿把你儿子送回家?"

"不,不,我不是这个意思。呃,说起来有点儿为难,但我还是得告诉你。你知道,这两个孩子,他们听到了很多传言,他们告诉我这个女人——这个被杀害的女人——警方怀疑可能是你那个在战争中丧生的大哥的法国爱人,是这样吗?"

"这是一种可能性,"艾玛答道,她的话断断续续,"我们必须得考虑这种可能性,这种可能性是客观存在的。"

"有证据证明这名死者就是那个女人吗,那个玛蒂娜?"

"我刚才说了,只是一种可能。"

"那为什么——为什么他们怀疑她就是玛蒂娜?她身上有没有信件——或是证件?"

"没有,没有这一类东西,但,我收到了一封玛蒂娜的来信。"

"你收到了一封——玛蒂娜的信?"

"嗯，她来信告诉我她在英国，想过来看看我。我邀请她过来，却收到一封电报说她要回法国了，可能她确实回去了吧，我们也无从了解，但是因为找到了一个写给她的信封，看起来她到过这儿，但我真没有见到……"她突然打住了。

韦斯特夫人马上接过话头：

"你真不懂我的意思吗？没错，我不应该过来，但当我听说了——应该说是只言片语之后——我不得不来确认真实情况是否如此，因为，如果——"

"嗯？"

"我必须得告诉你一些我原本不打算告诉你的事，我就是玛蒂娜·杜布瓦。"

艾玛看着眼前这位来客，好像压根儿没听懂她的话。

"你！"她说道，"你是玛蒂娜？"

韦斯特夫人连忙点头。"我知道，这肯定会让你感到惊讶，但这是事实。战争打响没多久，我就遇见了你哥哥埃德蒙德，军队安排他住在我们家，其他的你都知道了，我们相恋了。我们本来打算结婚，但那时都在往敦刻尔克撤退，军队里说埃德蒙德失踪了，后来被告知阵亡了，当时的情况就不和你说了，都是些往事，已经过去了。但我还是想对你说我非常爱你哥哥……

"之后就是残酷的战争了，法国被德国占领之后，我成了秘密抵抗组织的地下工作者，负责把英国人从法国送回英国，就是这样，我认识了我的现任丈夫，他是一名空军军官，空降到法国执行特别任务。战争结束后，我们结婚了。之后我考虑过几次，想给你写封信或是过来看看你，但最终还是决定不这样做，我觉得勾起对往事的回忆没有任何益处，我有了新生活，也不想回忆过去了。"她停了一会儿，继续说道，"但当我发现我儿子在学校最好的朋友恰巧是埃德蒙德的外甥时，我感到了一种异样的高兴。亚历山大，真的非常像埃德蒙德，你们肯定也是这样觉得的。我很高兴詹姆斯和亚历山大能成为这么亲密无间的朋友。

她身体往前靠了靠，把手放到艾玛的手臂上。"亲爱的艾玛，你知道，当我听说这起杀人案的时候，听说这个被杀的女人被怀疑是你哥哥认识的玛蒂娜时，我必须得过来告诉你实情，你或者我必须得把实情告诉警察。不管那个死者是谁，一定不是玛蒂娜。"

"我有点儿接受不了，"艾玛说道，"接受不了，你，你是埃德蒙德信中所提到的玛蒂娜。"她一边叹气一边摇头，困惑地皱起了眉，问道，"我不了解，那是你吗，给我写信的人？"

韦斯特夫人连忙摇头说。"不，不，我肯定没有写信给你。"

"那……"艾玛停了下来。

"那一定有人冒充玛蒂娜，可能想骗你的钱？一定是这样，可那是谁呢？"

艾玛用很缓慢的语速说道："可能是那时和你在一起的人，谁知道？"

韦斯特夫人耸了耸肩。"可能是这样。但我没有很亲密的朋友，大家和我都不太熟，我来英国后也没说起过此事，而且这人为什么等了这么长时间？奇怪，真是奇怪。"

艾玛答道："我也无法理解。交给克拉多克督察吧，看他怎么说。"她看着这位访客，目光突然柔和起来，"亲爱的，真高兴我终于见着你了。"

"我也很高兴……埃德蒙德经常提起你，他很喜欢你。我现在过得很好，但我也没忘记他。"

艾玛靠在床上，舒了口气。"一块石头落地了，"她说。"我们还担心那个女人可能是玛蒂娜——那就是整个家族的麻烦了,可现在——好了,真是如释重负。虽然还是不清楚谁是那个不幸的人,但和我们已经没有关系了!"

第二十三章

那位身材姣好的秘书像往常一样,午后时分给哈罗德送来一杯茶。

"谢谢,爱丽丝小姐,今天我会早点儿回家。"

"哈罗德先生,我觉得你今天真的不该来的,"爱丽丝说道,"你看起来还是很虚弱。"

"还好。"哈罗德说道,尽管确实还觉得虚弱,毫无疑问这次他也被好好折腾了一番,还好,已经结束了。

真奇怪,他沉思着,阿尔弗雷德死了,老头儿却熬过来了,他今年都什么岁数了——七十三,还是七十四?已经病了很多年了。如果你能想到谁会死,那一定是老头儿,但死的不是他,是阿尔弗雷德,哈罗德也知道,阿尔弗雷德身体状况挺好,但这不是他该想的事了。

他靠在椅子上,叹了口气。爱丽丝是对的。他还不能上班,但他想来办公室一趟,了解一下公司的情况,现在公司也是命悬一线。他环视这间花了很多钱装修的办公室,白得放光的木头,价格昂贵的现代椅子——看起来十分华贵,一件漂亮的艺术品!阿尔弗雷德确实没明白过来,如果你看起来显贵,人们必然觉得你是显贵之人,也就没人会去质疑你的财力。可破产的事拖不了多久。如果这时候死的不是阿尔弗雷德,是他父亲就好了,死的好像应该是他父亲。但砒霜反让他精神更好了！哎，如果爸爸死了，那就不用这么操心了。

当然，重要的是不要表现出忧虑，要装出显贵的样子，不像又穷又老的阿尔弗雷德，看起来总是无精打采，让人觉得这人毫无可取之处。不过他确实是那样，总是小打小闹，做些投机倒把的事，从没想过要赚大钱，跟一群不正经的人混在一起，干些打擦边球的勾当，也不会让自己上法庭，每次都有惊无险。可那又怎么样呢？一段时间富得流油，过了一段时间又回到无精打采、一贫如洗的状态，以此往复。阿尔弗雷德的眼界有限。但是，总得来说，不能说他很失败，他承认自己从来都不太喜欢阿尔弗雷德，现在阿尔弗雷德死了，从暴脾气祖父那儿分得的钱就更多了，以前是五个人分，现只有四个人了，再好不过了。

他的脸色好了一些，站起身，拿起帽子和外套，走出办公室。还是休息一两天为好，他感觉还没完全恢复。他的车就停在楼下，很快他就把车开上公路，往回家的方向走了。

他的男仆达尔文开了门。

"夫人刚才回来了，先生。"他说道。

哈罗德看着他，楞了一会儿。艾丽丝！天哪，她是今天回来吗？他全忘了。幸亏达尔文提醒他了，不然，要是他上楼的时候露出惊讶的神情，就不太好了。他想了想，也没那么严重，艾丽丝和他都很了解双方对彼此的感受，也许艾丽丝喜欢他——他却不知道。

总之，艾丽丝让他失望透顶，他没喜欢过艾丽丝，但对于一个姿色平平的女人而言，她算是知书达理。她的家庭和关系当然对他很有帮助，但也许现在的用处没那么大了，因为娶了艾丽丝后，他考虑过要几个孩子，让他的孩子从小就继承这些关系。但他们一个孩子也没生,只有他和艾丽丝,两人一起慢慢老去,平时没什么交流,也对彼此的朋友没什么兴趣。

她经常不在家,总和她的亲戚在一起。冬季她会去里韦拉,她适合待在那儿,在那儿哈罗德也不会担心。

他走上楼,进了会客室,毕恭毕敬地问候了一句。

"你回来了,亲爱的。没去接你,真是抱歉,在市里边被堵住了,我尽快赶回来了。圣拉菲尔怎么样?"

艾丽丝跟他说了圣拉菲尔的情况。她是一个清瘦的女人,浅黄色的头发,高挺的鼻梁,淡褐色的眼睛看起来有些无神,说话很有涵养,但语调比较平直,声音让人感到有些压抑。她说回来时很顺利,只是在英吉利海峡上稍遇不顺,多佛的旅客还是那样讨人嫌。

"你应该坐飞机回来的,"哈罗德说,他经常坐飞机,"烦心事就没那么多了。"

"说说倒行,但我真不喜欢飞机,从没坐过,坐飞机我会紧张。"

"但能节约很多时间。"哈罗德说。

艾丽丝并没有接他的话,可能她生活里的问题并不是节约时间,而是怎样耗尽时间。她礼节性地问候了丈夫的健康。

"艾玛的电报真把我给吓着了,"她说,"听说你们都病了。"

"嗯,是的。"哈罗德答道。

"我那天在报纸上看到一则新闻,"艾丽丝说,"宾馆有四十个人同时食物中毒,让我觉得冰箱太危险了。食物在冰箱里放得太久了。"

"也许是吧。"哈罗德说。砒霜的事,他提还是不提?看着艾丽丝,他觉得不能说,艾丽丝的世界根本接受不了砒霜投毒这件事,那更应该是从报纸上看到的新闻,不会发生在她身上,也不会发生在她的家庭里,但克瑞肯索普家已经发生了这种事……

他起身回了自己的房间,睡了一两个小时才下楼吃饭。晚餐时,两人一边吃一边聊,说的还是差不多的东西,东一句,西一句,相敬如宾地交谈着,还提到在圣拉斐尔的熟人和朋友。

"大厅桌上有你的一个小包裹。"艾丽丝说。

"是吗?我没注意到。"

"有人跟我说一间仓库里发现了一具女尸,真是奇怪。她说在拉瑟福德庄园,我觉得应该是另一个拉瑟福德庄园吧。"

"不,"哈罗德说,"不是其他的拉瑟福德庄园,其实就是在我们家的仓库。"

"真的!哈罗德!拉瑟福德庄园的仓库里发现了一具女尸——你可从来没和我提过。"

"真的,没来得及说,"哈罗德说,"而且不是什么好事,跟我们家没什么关系,那时庄园外都是记者,我们还得应付警察,还要处理其他事情。"

"真不是什么好事,"艾丽丝说,"他们找出凶手了吗?"她接着问,装出一副很有兴趣的样子,实际上并没那么大的兴趣。

"还没有。"哈罗德答道。

"是个什么样的女人?"

"没人知道。不过是个法国人,这一点很明显。"

"哦,法国人,"艾丽丝说,由于社会阶层不同,她说这个词的发音明显和培根督察不一样,"你们一定烦透了。"她说道。

他们走出了餐厅,走到小书房,家里有个人不在的时候,另一个人通常会在那儿坐着。哈罗德觉得很累。"我得早点儿休息。"他想着。

他从大厅的桌上拿起艾丽丝说起的小包裹。是蜡纸包裹的,包得很好。他坐到火炉旁那把常坐的椅子上,撕开了包裹。

里面是一个小药盒,上面贴了个小标签。"晚服,两粒。"还有一张字条注明是布拉克汉普顿的一家药店,写着"按坎佩尔医生的要求寄送"。

哈罗德皱起了眉头,他打开药盒,看着药丸,他之前吃的好像就是这药,但他很肯定,很肯定,坎佩尔说过他不用再吃了。"你可以停止用药了。"坎佩尔是这么说的。

"亲爱的,包裹里是什么呢?"艾丽丝问道,"你看起来忧心忡忡的。"

"没什么,只是——一些药片,我已经服用了几个晚上,但我记得医生说我不需再服用了。"

艾丽丝温和地回了句:"他可能是说别忘了服药。"

"也许是这么说的。"哈罗德答道,自己都有些不肯定了。

他看着艾丽丝,艾丽丝也看着他。他突然在想——他很少会这么考虑——艾丽丝在想什么。那温和的眼神里什么也读不出来。她的眼睛就像一间空房子的窗户。艾丽丝是怎么看他的,对他什么感觉?是不是爱过他?他觉得应该爱过,还是因为觉得他在城里干得不错,她也不想过拮据的日子了,才嫁给他?总体来说,她得到了她想要的,在伦敦有辆车,有套房子,想出国的时候便出去玩玩,可以给自己买价格不菲的衣服,但这种衣服一到她身上立刻跟破布无异。嗯,总体来说她过得不错,不知道她是不是也这么想。她不是真的喜欢他,他自己也没真的喜欢过艾丽丝。他们没有共同语言,没有可以一起分享的记忆。要是有孩子——可他们没有——这个家族里只有艾迪生了孩子,就那一个孩子,这感觉很奇怪。艾迪啊,真是个傻姑娘,打仗时匆忙草率地结了婚,没办法,他已经给过自己的意见了。

哈罗德那时说:"这些潇洒的飞行员都不错,帅气,果敢,有很多优点,但你得清楚,一到和平年代,他们就一无是处了,他可能很难给予你支持。"

然后艾迪回答说,这有什么关系?她爱布莱恩,布莱恩也爱他,他可能很快就要倒在战场上,他们为什么不能先享受快乐呢?在那个时刻,未来可能分崩离析,考虑它有什么用?艾迪还说,未来也不用担心,总有一天,她会继承祖父的那笔钱。

哈罗德不太舒服,在椅子上挪了挪身子。是啊,祖父的遗嘱太糟了!把大家都放在一条船上,没人能舒舒服服地过日子。没人喜欢这个遗嘱,他们几个不满意,父亲也是满腔怒火。老头儿肯定想活得长一些。所以他那么精心照顾自己。但他很快就要死了,很快,很快。但这把哈罗德所有的担忧都引发出来,立刻让他觉得不舒服,疲乏,有些晕眩。

艾丽丝一直看着他,他也注意到了,那种柔和,略有所思的眼神,让他觉得有点儿不舒服。

"我还是去睡觉吧,"他说,"我刚回来一天。"

"嗯,"艾丽丝说,"我也觉得最好去睡一觉。放松心情,医生肯定已经这样跟你说了。"

"这是医生经常和你说的。"哈罗德说。

"亲爱的,别忘了服药。"艾丽丝说道,她拿起药盒,递给了他。

他说了声晚安,便上楼去了。确实,他要吃点儿药,太快停药可能是不正确的。他拿了两粒药丸,就着一杯水吞了下去。

第二十四章

"事情被我弄得一团糟,换谁来都会比我做得好。"克拉多克沮丧地说道。

他坐在那儿,伸直了两条长腿,看起来与忠诚的弗洛伦丝装潢过度的房间格格不入。克拉多克已经累得快趴下了,懊恼万分,意志消沉。

马普尔小姐轻声细语地表达了她的不同看法,安慰道:"不,并非如此,亲爱的,你做得很好,真的。"

"我做得很好吗?一家人都被投毒了,阿尔弗雷德死了,现在哈罗德又死了。我想知道到底是怎么回事。"

"药丸有毒。"马普尔小姐略有所思地答道。

"嗯。凶手太聪明了,真的,那些药丸跟他之前服用过的药丸一模一样,上面还有一张打印的便条:'按坎佩尔医生的要求寄送。'可是,坎佩尔医生压根儿没有订这些药,还有药店的小标条,药店的人也一无所知。最让我想不通的是,药盒竟是拉瑟福德庄园的。"

"你确定是拉瑟福德庄园的?"

"嗯,我们做了很详尽的核查,那个药盒原本是用来装艾玛的安神丸的。"

"哦,艾玛的……"

"是的，在上面检测到了她的指纹，还有护士和工作人员的指纹，却没有其他人的指纹，这个送药人肯定注意到了这一点。"

"安神丸被拿走了，换成了其他东西？"

"嗯，这就是药丸的可怕之处，看起来都一个样。"

"没错。"马普尔小姐很赞同他的看法，"我记得，我还年轻的时候，有黑色冲剂、棕色冲剂（感冒冲剂）、白色冲剂、还有某某医生的粉色冲剂，人们把那些东西分得很清楚。即使现在，圣玛丽米德的人还是喜欢这种药，他们通常都要一瓶这样的冲剂，而不要药丸。那是些什么药丸？"她问道。

"乌头毒药丸。这种药丸通常被放在盛放毒药的瓶子里，要以一比一百的比例稀释才能外用。"

"哈罗德服下之后就死了。"马普尔小姐说道，依然在思考着什么。

克拉多克警督咕哝了一句。"你可别介意我在这儿发牢骚，"他说道，"我就是这么想的，一五一十地全告诉简姨妈！"

"谢谢你的信任，"马普尔小姐说，"我非常珍惜这种信任。因为你是亨利爵士的教子，我对你的感觉，跟其他普通的督察侦探不太一样。"

克拉多克笑了笑，又马上收起了笑容。"在所有我处理过的案件中，这件是办得最糟糕的，"他说道，"这儿的局长请求苏格兰场帮忙，他们获得了什么？一个大出洋相的我！"

"不是这样的。"马普尔小姐安慰着他。

"是这样的，就是这样的。我不知道谁给阿尔弗雷德下了毒，也不知道谁给哈罗德下了毒，更可笑的是，我连那个被杀的女人是谁都不知道！原本以为十有八九是那个玛蒂娜了，整个案子也快有眉目了。可现在呢？真玛蒂娜现身了，难以置信的是，居然是罗伯特·斯托塔德·韦斯特爵士的妻子。那么,仓库里的女人到底是谁?天知道,起初我以为是安娜·斯特拉温斯卡,后来又排除了——"

他注意到马普尔小姐小声咳嗽了一下,明显是有意的。

"核实过了?"她小声问道。

克拉多克看着她。"嗯,收到了一张来自牙买加的明信片——"

"但,"马普尔小姐说道,"这不是真正的证据,你觉得呢?每个人都能收到从世界各地寄来的明信片。我记得布莱尔利太太,她有非常严重的神经衰弱症,后来,他们说她应该去精神病院接受观察,她害怕子女们担心,就写了十四张明信片,并让这些明信片从世界上不同的地方寄过来,告诉她的子女们他们的妈妈正在海外度假。"她看着克拉多克,继续说道,"你已经懂我的意思了吧。"

"嗯,懂了,"克拉多克看着马普尔小姐,回答道,"若不是因为写信的那个玛蒂娜符合所有条件,我们应该早就会核查那张明信片了。"

"并不难查。"马普尔小姐小声咕哝了一句。

"这样前后就能联系上了,"克拉多克说,"艾玛收到了一封署名玛蒂娜·克瑞肯索普的信件。而斯托塔德·维斯特夫人并没有写这样一封信,明显是其他人写的。那人假装成玛蒂娜,想以玛蒂娜的名义骗一笔钱。这没错吧。"

"嗯,没错。"

"之后,艾玛照伦敦的地址写过去的信封在拉瑟福德庄园外被找到了,证明她确实到过那儿。"

"但那名被杀害的女人没到过那儿!"马普尔小姐指了出来,

"跟你刚才说得不一样,她是死了之后被人扛到拉瑟福德庄园的。她被杀之后,被人抛出火车,落在了火车的路堤旁。"

"哦,这一点我忘了。"

"那个信封只能证明凶手到过那儿。假定凶手把信封、信纸还有其他东西一起拿走了,之后信封不小心掉在了拉瑟福德庄园——我还在想,这是有意还是无意?培根督察和你的同事都详细地搜查了那里,什么也没发现。那信封过了一段时间之后才出现在锅炉房。"

"不难解释,"克拉多克说,"那位老园丁经常把四处乱飘的东西戳起来,然后放到桶里。"

"孩子们很容易找到了那儿。"马普尔小姐一边思考一边说道。

"你认为是故意让我们找到的?"

"这个,只是我的一种想法。因为,要知道孩子下一步要找什么不太难,而且还可以引导他们……嗯,我在想,这个信封的发现也让你终止了对安娜·斯特拉温斯卡的调查,对吧?"

克拉多克说:"你一直认为可能就是她?"

"我觉得在你调查她的时候,有人已经察觉到了……而且不想让你去调查她。"

"那我们从头说起,有人假扮玛蒂娜,"克拉多克说。"但出于一些原因——没有继续回信。为什么呢?"

"这个问题很有意思。"马普尔小姐说道。

"有人发了封电报,说玛蒂娜要回法国了,然后跟那个女孩乘坐同一列火车过来了,在路上把她杀了,这么假设你同意吗?"

"不太同意,"马普尔小姐说,"我觉得你把事情想得过于复杂了。"

"复杂!"克拉多克惊讶地说了一句,"我已经被你给弄糊涂了。"他抱怨道。

马普尔小姐用一种悲伤的口吻说,她也不想这样。

"别这样,你说说,"克拉多克说,"你知不知道这女人是谁?"

"很难,"她说道,"不知该怎么表达我的想法,我的意思是,我不知道她是谁,但是,我又差不多可以确定她是谁,不知道你懂不懂我的意思。"

克拉多克仰起头来。"懂你的意思?一点儿也不懂。"他从窗户里往外看去,"露西来看你了,"他说,"我先走了。今天下午我的自信本来就不是很强,现在还来了一位年轻女性,拥有一种能干和成功的气质,我更受不了了。"

第二十五章

"我在字典上查了唐提式养老金。"露西说。

这就是两人见面的第一句话,露西在屋子里漫无目的地走来走去,这儿摸摸陶瓷狗,那儿摸摸椅背套,还拿起窗台上的针线盒看了看。

"就猜到你会看的。"马普尔小姐一点儿也不意外。

露西慢慢地背起字典上关于这个词的释义。"洛伦佐·唐提,意大利银行家,一六五三年发明了一种养老金,每当一个参保者死了,其份额便归还活着的参保人所有。"她顿了一会儿,"你要说的就是这个,没错吧?跟现在的情形有些类似,你是不是在阿尔弗雷德死之前就想到这个了。"

她在房间里不停地踱步,不知想着什么。马普尔小姐坐在那儿看着她。这跟她所熟悉的那个露西不一样了。

"我想克瑞肯索普家的遗嘱便是如此吧,"露西说,"一份类似的遗嘱,如果最后只有一个人活着,他就能得到所有钱,这份遗嘱也就完成了,而且——遗嘱留下的钱肯定不少,对吧?换个人会认为,他们每人仅仅是得到自己那份都不少了……"她的声音变得微弱。

"问题就在于,"马普尔小姐说,"人是贪婪的。有些人因此而犯罪,起初都是因为贪婪。一开始你并没杀人,也不想杀人,可能想都没想过,开始有的只是贪念,想得到更多的欲望。"她把编织物放到膝盖上,呆呆地看着前方,"我就是这样遇见克拉多克督察的,一起发生在乡村的案件,在梅登厄姆温泉水疗饭店附近,也是如此,一个瘦弱、性格温和的人想要一大笔钱,他原本没法得到那笔钱,但好像有一个简单的途径能得到那笔钱,十分简单,轻而易举,也不用杀人,谁也不会想到会发展到那个地步。事情就这样开始了……到最后死了三个人。"

"这起案子也一样,"露西说,"也已经死了三个人了。先是冒充玛蒂娜的女人,原本可能帮她儿子分到一笔遗产,之后是阿尔弗雷德,再之后是哈罗德。现在只剩两个人了,不是吗?"

"你的意思,"马普尔小姐问道,"只剩下塞德里克和艾玛了?"

"艾玛不算。她不是男人,个头儿没那么高,头发也不是深色的。我指的是塞德里克和布莱恩·伊斯特里。我没怀疑过布莱恩,因为他的头发是金色的、淡黄色的胡子、蓝色的眼睛,还有——那天……"她突然停了下来。

"接着说,"马普尔小姐说,"让我听听,是不是有什么事情让你非常疑惑?"

"那天斯托塔德·韦斯特夫人准备走,她刚说了再见,在进汽车前,她突然扭过头来问了一句:'我进来时站在阳台上的那个高个子的黑发男人是谁?'

"她刚说的时候,我不知道她说的谁,因为塞德里克已经睡了,所以我有点儿不解地问道:'你说的不会是布莱恩·伊斯特里吧?'她回答说:'是,是,就是他,空军中队长伊斯特里。在秘密抵抗运动期间,他藏在我们家的阁楼里。我记得他的站姿,还有那双肩膀,'她还说,'我还想再见见他呢,但我们找不着人。'"

马普尔小姐一句话也没说,等着露西继续说。

"之后,"露西说,"之后我看了他一眼……他背对我站着,我之前没注意。他的头发是金色的,一旦抹了点儿东西,看起来就会很黑。我记得,布莱恩的头发不长不短,呈棕色,有时看起来更深,所以你朋友那晚在火车上看到的可能是布莱恩。可能……"

"嗯,"马普尔小姐说道,"我想到了。"

"没什么是你没想到的吧!"露西有些挫败地说道。

"是啊,亲爱的,我得考虑周全。"

"但我不知道布莱恩能得到什么,我意思是,这笔钱会归亚历山大所有,而不是他。这能改善他们的生活,让他们享受更多好东西,但他不能动用这笔钱去完成他的一些计划。"

"但如果亚历山大在二十一岁之前遭遇什么不测,布莱恩身为父亲和最近的亲属,就能得到那笔钱。"马普尔小姐说出了她的想法。

露西看着她,不寒而栗。

"他不会那样做的。身为父亲不会——只为了钱而就把自己的孩子杀了。"

马普尔小姐感叹道:"亲爱的,虎毒食子的话,是很可怕也很可悲,但有些人就是如此。

"有些人做的事令人发指,"马普尔小姐继续说道,"我听说一个女人为骗一点儿保险,就毒死自己的三个孩子。还有个老年妇女,一看就是个好人,却在儿子回家休假的时候把他给毒死了。还有位斯坦维奇老太太——这个案子上过报,你应该看到过——她女儿死了,然后是儿子,之后她说她自己也中毒了,麦片粥里有毒药，但最后发现是她自己放的，她还打算毒死最小的女儿。动机都是为了钱，她只是嫉妒女儿比她年轻，还能活很长时间，而她怕——说出来让人难以置信，但事实就是这样——在她去世后，她们还能愉快地生活，她把钱管得很紧。当然，听别人说，她有点儿奇怪，但我都觉得这不是理由。我的意思是怪异的表现方式有千千万万种，各不相同，有时候你四处乱跑，把所有财产都分给别人，写了很多张空头支票，只是为了帮助别人，这表明，在这种奇怪行为的背后是你有一个好性格。但如果你既奇怪，性格又不好——那，你就变成我刚才说的那些人了。亲爱的露西，这样说能不能解答你的疑惑？"

"解答我的什么疑惑？"露西有些没缓过神来。

"刚才说的那些。"马普尔小姐说，她轻声细语地安慰道，"别担心了，真的别担心了，麦吉利卡迪夫人很快就会过来了。"

"这和她有什么关系，我不明白。"

"没什么关系，也许一点儿关系都没有，但我自己觉得很重要。"

"我还是忍不住会担心，"露西说，"我慢慢开始关心这家人了。"

"亲爱的，我知道你不好受，因为你被他们俩不同的魅力深深地迷住了，不是吗？"

"你指的是？"露西问道，声调高了起来。

"我说的是他们家的两个儿子，"马普尔小姐说，"确切地说是一个儿子和一个女婿。两个讨人嫌的儿子死了，留下了两个讨人喜欢的，真是难为你。能看出来，塞德里克很有魅力，总是把自己不好的一面隐藏起来，而且很会挑逗人的情感。"

"有时候都让我有些发狂了。"露西说。

"确实，"马普尔小姐说，"但你很享受，不是吗？你精力旺盛，而且好'斗'。所以，这就是他吸引你的地方。而伊斯特里先生是有点儿忧郁的类型，更像个不高兴的小男孩，这也是一种魅力。"

"可他们中有一个是杀人凶手，"露西有些失落地说道，"两个人都有可能，很难说清谁是谁不是。就说塞德里克吧，对他弟弟阿尔弗雷德和哈罗德的死漠不关心，还坐在那儿满心欢喜地盘算着如何处置拉瑟福德庄园，不停地说按他的设想需要很大一笔钱。我也知道他那种人会夸大自己，包括他的冷漠，那可能是种伪装。人们常说有人外表看起来麻木不仁，其实内心不是那样漠然。但也有截然相反的情况，内心比外表看起来更加冷漠！"

"亲爱的，亲爱的露西！真为你难过。"

"再说说布莱恩，"露西继续说，"我有点儿想不通，但布莱恩似乎真的想住在那儿，他觉得他和亚历山大在那儿会非常开心，而且他想了许多计划。"

"他总有很多不同的计划，对吗？"

"对，我也是这么觉得的。那些计划听起来都非常棒，可总给人一种不好的感觉，感觉都无法实施。我是说，那些计划都不切实际。想法是好的——但我觉得他没考虑过实施过程中的阻力。"

"所以说，都是虚幻的？"

"嗯，很多都是如此，他的计划都有点儿异想天开，都是些空想，一名优秀的战斗机飞行员可能永远都无法脚踏实地吧……"

她又说道："他很喜欢拉瑟福德庄园，因为，拉瑟福德庄园让他想起了小时候住过的一间很大，但布局毫不规则的维多利亚式建筑。"

"哦，"马普尔小姐一边听，一边思考着，"嗯，知道了……"

她用余光瞥了一眼露西，一针见血地问道："亲爱的，你想说的不止这些吧？还有吗。"

"嗯，还有，不过我是前几天才意识到这个，布莱恩有坐过那班火车的嫌疑。"

"下午四点三十三分从帕丁顿站发出的那班？"

"嗯，艾玛那天以为她也要说明自己在十二月二十日的行踪，就把自己当天的行踪详细地说了一遍——她上午参加个委员会的会议，下午去买了东西，采购之后在三叶草茶馆喝了杯茶。之后，她说她去车站接布莱恩了。她接的那班火车是下午四点五十分从帕丁顿发出来的，但布莱恩可能坐了更早的一班车到了，之后又装成是坐四点五十分那班车来的。闲聊时，布莱恩跟我提起过，他的车被撞坏了，正在修，所以他只能坐火车过来——这让他很苦恼，他说他不爱坐火车。说这话的时候一点儿不像在撒谎……也许是我想多了吧——但我真希望，他不是坐火车来的……"

"实际上，他就是乘火车来的。"马普尔小姐想了想说道。

"这也说明不了什么，这种怀疑让人有些恐慌，不知道真相，可能永远都不会知道。"

"亲爱的，当然会知道的，"马普尔小姐马上答道，"我的意思是——事情还没完，关于杀人者，有一点我是知道的，他们不会见好就收，也可以说，他们会继续作案。总之，"马普尔小姐斩钉截铁地说，"一旦他们开始第二次作案，就不会收手了。别急，露西，警察已经尽了最大能力去保护每个人——好在伊丽莎白·麦吉利卡迪马上就来了！"

第二十六章

1

"伊丽莎白,清楚我让你做什么了吗?"

"相当清楚,"麦吉利卡迪夫人说,"但,简,我要说的是,这让人有点儿难为情。"

"一点儿都不难为情。"马普尔小姐说。

"但,我觉得挺让人难为情的,刚到别人家里就问我是不是可以——呃——上楼方便一下——"

"现在天气如此寒冷,"马普尔小姐解释道,"你可能吃了些让你不舒服的东西,然后——呃,想去楼上方便一下,这也是合乎情理的,我记得路易莎·菲尔比有次来看我,很受罪,不到半个小时的时间里,上上下下去了五次厕所,"马普尔小姐顺带说明了下原因,"因为吃了块变质的康瓦尔郡菜肉烘饼。"

"简,你到底有何用意呢?"麦吉利卡迪夫人问道。

"没什么,就因为我自己不想干这事。"马普尔小姐说。

"简,你真让人讨厌啊,先是让我从那么远的地方提早赶了回来——"

"很抱歉,"马普尔小姐说,"但我不能做其他事,随时都有人可能再次被杀。嗯,我也知道他们一家人都很警惕,警方也用尽一切办法来保护他们一家人的安全。但是，一旦出现了机会，聪明的凶手便会乘虚而入，因此，回来是你的义务，再说，我和你从小就被教育要尽自己的义务，不是吗？"

"当然是，"麦吉利卡迪夫人怀着强烈的正义感说，"年轻的时候我就从没坐视不理过。"

"那就没问题了。"马普尔小姐说，"出租车来了。"她说，屋外传来远处汽车的鸣笛声。

麦吉利卡迪夫人穿上她那件黑白相间的厚外套，马普尔小姐披上了披肩，围上了围巾，两个女人坐上了车，朝拉瑟福德庄园去了。

2

"谁来了？"艾玛问道，看着窗外一辆出租车疾驰而来，"我觉得是露西的姨妈。"

"又来烦人了！"塞德里克说。

他正仰卧在一张长椅上，看着《田园生活》，两腿搭在壁炉架旁。

"跟她说你不在。"

"那你是要我自己去跟她说呢？还是要让我叫露西跟她姨妈说？"

"不知道，没想过，"塞德里克说，"我看我刚才是在想象我们家有男仆的生活吧——不记得是不是有过这样的日子，我模糊地记得战争前家里有个男仆，他跟厨房的女仆通奸，闹得沸沸扬扬的。现在家里不是还有个做清洁的丑女人吗？"

话音刚落，门就被哈特太太打开了，她今天下午是来擦拭黄铜饰品的。马普尔小姐的围巾和披肩在寒风的吹拂下飘动起来,而麦吉利卡迪夫人跟在后面,有些不太和谐。

"冒昧登门,"马普尔小姐拉着艾玛的手说,"希望没有打扰你们,这次拜访是因为后天我就回家了,觉得不辞而别有失礼数,也是来再次感谢你们对露西的照顾的。哦,快忘了,请允许我介绍一下我的好友,麦吉利卡迪夫人,她现在跟我住在一起。"

"你们好,"麦吉利卡迪夫人说,她认真地看着艾玛和塞德里克,塞德里克已经站了起来。这时,露西走了进来。

"简姨妈,我不知道……"

"过来和艾玛小姐道个别是应该的,"马普尔小姐转过头去,对她说道,"露西,艾玛小姐对你实在太照顾,太照顾了。"

"是露西帮了我们很多才对。"艾玛说。

"确实如此,"塞德里克说,"我们像苦力一样使唤她,伺候病人,给病人做饭,成天忙得在房子里跑上跑下……"

马普尔小姐插了句话:"听说你得病的消息后,我非常担心。艾玛小姐,身体已经康复了吧?"

"嗯,已经好了。"艾玛说。

"露西跟我说,你们都病得很厉害,很危险,食物中毒吗?应该是吃了蘑菇的原因吧。"

"原因还不大清楚。"艾玛说。

"这么说你会信吗,"塞德里克说,"外面谣言四起,你肯定也听说了,普——尔——小姐。"

"马普尔小姐。"马普尔小姐说。

"记住了。我刚才说了,外面谣言四起,你肯定也听说了,在这周围,只有像砒霜投毒之类的事情才会引得满城风雨。"

"塞德里克,"艾玛打断了他,"我希望你别乱说,克拉多克督察说过……"

"呵!"塞德里克说,"大家都知道,连你也听说了,不是吗?"说完他转过头来,看着麦吉利卡迪夫人和马普尔小姐。

"我啊,"麦吉利卡迪夫人说,"前天——才回国。"她补充道。

"啊,这样,那肯定还没传到你耳朵里去,"塞德里克说,"咖喱鸡里被人放了砒霜,就是这样传的,露西的姨妈肯定是知道的。"

"哦——"马普尔小姐说,"我也只是听听——那只是一种猜想,艾玛小姐,我没想过会让你难堪。"

"你别理会我哥哥,"艾玛说,"他就是喜欢让人不自在。"说这话的时候,她对塞德里克亲昵地笑了笑。

房门开了,老克瑞肯索普进来了,生气地用手杖敲着地板。

"茶呢?"他问道,"茶怎么还没好?你!女孩!"他对露西说道,"怎么还不把茶送进来?"

"克瑞肯索普先生,我刚才在准备桌子,茶刚沏好,我立刻送过去。"

露西离开了房间,艾玛给老克瑞肯索普介绍了马普尔小姐和麦吉利卡迪夫人。

"确实很有必要,"马普尔小姐说,"特别是现在,税收提高,物价上涨。"

老克瑞肯索普愤恨地说道:"税收!别跟我提那抢钱的玩意儿。我就是一个——可怜的穷人。现在的情况是越来越糟,一点儿也没有改观。等着吧,孩子,"他对塞德里克说,"等到你得到那块地方,很有可能会被社会党人拿走,把它改造成一个福利中心之类的。而你得用所有收入才能把地买回来!"

露西端着茶碟进来,布莱恩跟在后面,手里也端着一个托盘,上面有三明治、面包、黄油和蛋糕。"这是什么?这是什么?"老克瑞肯索普瞅了瞅托盘,"奶油蛋糕?今天有什么聚会吗?没人跟我提起过啊。"

艾玛脸面色绯红。

"爸爸,坎佩尔医生要过来喝下午茶,今天是他的生日,而且——"

"生日?"老克瑞肯索普不屑地说道,"他为什么要过生日?小孩才过。我从来不记生日。也不让人给我庆祝。"

"是没有,只是过得节省一些,"塞德里克附和道,"你把蜡烛的钱都省了。"

"闭嘴。"老克瑞肯索普说。

马普尔小姐正和布莱恩握着手。"我当然认识你,"她说,"听露西提起过你。不得不说,你和我在圣玛丽米德认识的一个人长得太像了,我在那村子里住了很多年,那个人是银行家的儿子,罗尼·威尔斯,他虽然继承了他父亲的事业,却定不下心来,后来去了东非,在湖上跑起了货船生意,好像是湖泊尼亚萨湖,还是阿尔伯特湖?可惜的是,都没成,钱都赔了。太不走运了!不是你哪个亲戚吧?你和他长得太像了。"

"不是,"布莱恩说,"我不记得有亲戚叫威尔斯。"

"威尔斯曾经和一个女孩订了婚,那女孩很不错,知书达理,"马普尔小姐说,"女孩极力想说服威尔斯不要去东非,可他一点儿也听不进去。所以自然是他错了。每每涉及钱的时候,女人的直觉还是很准的。当然,太复杂的金融单靠女人的直觉是不行的。我亲爱的爸爸经常说,女人都不懂这一点。每天都围着小钱小事转。你家窗外的景色真美啊。"她说着走了过去,朝窗外看去。

艾玛也走了过去。

"这里的草坪真大啊，几棵大树，悠闲的牛儿，多么美的画面！在一个城市的中央有这样一块地方，对其他人来说真是奢望。"

"但我们更像是被时代所抛弃了，"艾玛感叹道，"如果打开窗子，你就会听到远处车水马龙的声音了。"

"哦，也是，"马普尔小姐说，"这儿很吵吧？在圣玛丽米德也一样，我们离飞机场很近，喷气飞机真的就在头顶飞过！很吓人。有天我小花房的玻璃给震碎了两块。虽然我不懂其中的原理，但我知道是因为飞机穿过了音障什么的。"

"其实，很简单，"布莱恩亲切地走了过来，"你看，是这样的。"

马普尔小姐故意把手提包掉到地上。布莱恩礼貌地替她捡起来。麦吉利卡迪夫人这时走到艾玛身旁，小声对她说道——声音有些痛苦——确实，因为麦吉利卡迪夫人非常不喜欢马普尔小姐让她现在做的事。

"请问——可以上楼用一下卫生间吗？"

"当然。"艾玛回答道。

"我领你去。"露西说。

露西和麦吉利卡迪夫人一起走出了房间。

"今天坐车可能着凉了。"马普尔小姐解释了一下。

"关于音障，"布莱恩说，"就是这样的——哦，嘿，坎佩尔来了。"

坎佩尔是开车来的，他一边搓着手，一边走了进来，看起来很冷。

"我估计，"他说，"要下雪了。嘿，艾玛，还好吧？哦，这是什么?"

"我们给你做了个生日蛋糕,"艾玛说,"不记得了?你跟我说过今天是你的生日。"

"太让人意外了,"坎佩尔说,"你知道吗,已经有——哎,应该是——十六年了,这是十六年来第一次有人记得我的生日。"他看起来有些异样的感动。

"你认识马普尔小姐?"艾玛介绍坎佩尔给马普尔小姐认识。

"嗯,认识,"马普尔小姐说,"之前我们在这儿见过,前些天我得了重感冒,他还去我那儿给我看过病,真是个大好人。"

"你已经好了吧?"坎佩尔问了句。

马普尔小姐让他放心,说她现在已经完全好了。

"坎佩尔,你有几天没来看我了,"老克瑞肯索普说,"虽然由你照顾着,但我感觉快要死了!"

"我看你还能活几十年呢。"坎佩尔说。

"我也不想死。"老克瑞肯索普说,"来,开始下午茶吧,还等什么?"

"嗯,请吧,"马普尔小姐说,"不用等我朋友,要是等她,她反而会不安的。"

他们坐了下来,开始喝下午茶,马普尔小姐先接过了一片涂着黄油的面包,然后又吃三明治。

"这些是——"她迟疑了一会儿,不知道是什么东西。

"鱼,"布莱恩说,"我帮忙做的。"

老克瑞肯索普笑出声来。"那些是下了毒的鱼糊,"他说,"吃死了我可不负责。"

"爸爸,你少说两句。"

"你在这里吃东西可得小心,"老克瑞肯索普对马普尔小姐说,"我的两个儿子悄无声息地被杀了,我想知道是谁干的。"

"别受他影响,"塞德里克说道,又递了个盘子给马普尔小姐,"他们说,只要别吃太多东西,吃点儿砒霜会让脸色更好。"

"那你吃一块。"老克瑞肯索普说。

"要我当我们家的试食侍从?"塞德里克说,"瞧着。"

他拿了块三明治,一口咽了下去。马普尔小姐小声地笑了笑,非常优雅。她拿了一块三明治。咬了一口,说道:"我觉得你们能开这样的玩笑,是很勇敢的。真的,我觉得非常勇敢。我非常钦佩这种勇气。"

她突然咳嗽了一声,呛了起来。"一根鱼刺,"她一边喘气,一边说道,"卡在喉咙里了。"

坎佩尔立刻站了起来。走上前,把马普尔小姐向后推了推,移到了窗户前,坎佩尔让她张开嘴,他从口袋里掏出一个盒子,挑了几把镊子,用医生专业的手法快速地检查马普尔小姐的喉部。这时,房门打开了,麦吉利卡迪夫人和露西走了进来,麦吉利卡迪夫人看到眼前的情形,突然倒吸一口气:马普尔小姐向后靠着,坎佩尔握住她的脖子,扶着她的头歪向一侧。

"是他,"麦吉利卡迪夫人大喊道。"火车上的那个男人……"

马普尔小姐以迅雷不及掩耳之势从坎佩尔手中滑了出来,朝麦吉利卡迪夫人走去。

"就知道你能认出来的,伊丽莎白,"她说,"什么都别说了。"她以胜利者的姿态转过头,对坎佩尔说道,"坎佩尔医生,你不知道吧,你在火车上勒死那个女人的时候,有一位目击者。那个人就是我朋友,现在站在你面前的,麦吉利卡迪夫人,她看到了。你懂我的意思吗?她当时正好在那辆与你乘坐的火车并行向前的火车里,她亲眼目睹了一切。"

"胡说八道些什么，怎么可能？"坎佩尔大步向麦吉利卡迪夫人走去，但马普尔小姐又一次迅速地挡在麦吉利卡迪夫人前面。

"没错，"马普尔小姐说，"她见过你了，所以她认识你。她会出庭作证，说明命案的全过程。"马普尔小姐继续说道，声音温和，却带着一种哀其不幸的情绪，"虽然极少有人能目击命案的全过程，这通常也只能作为间接证据。但是，这次的情况却不一样，她实际上是本案的目击证人。"

"你这吃饱了没事干的老女人。"坎佩尔说着，朝马普尔小姐冲过去，但这次是塞德里克按住了他的肩膀。

"所以你是那个杀人的恶魔？"塞德里克用力把坎佩尔扭了过来，"我从没喜欢过你，觉得你不是个好人，我真是瞎了眼，居然没有怀疑过你。"

布莱恩立刻跑上前一起帮忙按住坎佩尔，克拉多克和培根从另一扇门里走了进来。

"坎佩尔医师，"培根说，"我得警告你……"

"见鬼吧，你的警告！"坎佩尔说，"你觉得会有人相信两个老太婆的话吗？谁又听过她们关于火车的那段胡言乱语？"

马普尔小姐说："伊丽莎白·麦吉利卡迪在十二月二十号就向警方报告了这起杀人案，并描述了凶手的特征。"

坎佩尔使劲地晃了晃肩。"我真是不走运。"坎佩尔说道。

"但——"麦吉利卡迪夫人说。

"伊丽莎白，什么都别说！"马普尔小姐说道。

"我为什么要去杀一个素不相识的女人？"坎佩尔问。

"她并非跟你素不相识，"克拉多克说，"她是你妻子。"

第二十七章

"所以,"马普尔小姐说,"真的就如我当初所推测的,非常、非常简单。最简单的那种案子。丈夫把妻子杀了。"

麦吉利卡迪夫人看着马普尔小姐和克拉多克。"如果你早点儿告诉我,"她说道,"我就会配合了。"

"他看到了一个机会,"马普尔小姐说,"娶艾玛,娶这个家境殷实的女人的机会。他不能娶她是因为他已经有家室了,他和他妻子已经分开很多年了,但他妻子并不愿离婚。这就和克拉多克督察告诉我的情况一致了——那个叫安娜·斯特拉温斯卡的女人告诉舞团里的女孩,说自己有个英籍丈夫,那个非常虔诚的天主教徒。坎佩尔不敢冒着重婚的危险娶艾玛,所以,他把自己变成一个残酷冷血的人,要甩掉他妻子。他的计划很高明,先在火车上杀了他妻子,然后将尸体藏到仓库的石棺里,他故意让这件事和克瑞肯索普家族产生联系。在此之前,他还用玛蒂娜的名字给艾玛写了封信,玛蒂娜正好是埃德蒙德来信中提到过要结婚的人。这是因为艾玛把所有关于她哥哥的事都跟坎佩尔医生说了。之后,在他觉得时机成熟的时候,他便鼓动艾玛去警察局把她哥哥的事告诉警察,他想让警方误认为这个女人是玛蒂娜。我觉得他可能听说巴黎警方做了大量的调查,在找一个叫安娜·斯特拉温斯卡的人,所以,他就安排了一张从牙买加寄过来的明信片。

"要安排他妻子和他在伦敦碰面并不难,只要告诉她,他想重归于好,想带她去见见他的'家人',接下来的事我就不说了,实在太残忍了。他是个贪婪的人,毫无疑问。当他了解到税收会大大减少他们继承的钱财之后,就想得到更多的钱,这个想法也许是在杀他妻子之前就有了。之后,他开始散播传言,说有人要毒害克瑞肯索普老先生,为后面的行动做好铺垫,然后,他就着手对克瑞肯索普家族的人下毒,剂量确实不大,因为他并不想毒死老克瑞肯索普先生。"

"但我还是不明白他是怎么做的,"克拉多克问,"做咖喱的时候,他并没有在庄园里。"

"那时咖喱里面并没有砒霜,"马普尔小姐说,"而他是在拿了一部分咖喱回去化验,那时加进去的。他可能之前把砒霜倒进了那壶鸡尾酒里,之后,因为他的医生身份,他很容易毒死阿尔弗雷德,也能把药丸寄给哈罗德,虽然他已经跟哈罗德说过不用吃药了。他做的每件事都很大胆、凶残、贪婪,只可惜,可惜,"马普尔小姐虽然是一个老太太,而且裹得严严实实的,但你依然可以感受到她十足的愤怒,"可惜绞刑已经被废止了,如果问我的意见要对谁处以绞刑,我觉得那人应该是坎佩尔医生。"

"是啊,是啊。"克拉多克说。

"这让我想到,"马普尔小姐继续说道,"即使你只看到了别人的背面,这也是一种特征,所以我觉得伊丽莎白如果能用和当时相同的角度来看坎佩尔医生,让他背对伊丽莎白,身子有些后仰,掐着一个女人的喉咙,伊丽莎白就能认出来,至少会发出一声恐惧的惊叫声。所以我这个小计划需要露西帮忙了。"

"必须得说,"麦吉利卡迪夫人说道,"确实让我吃了一惊,直到说了'是他'之后我才感觉正常些。我确实没见过那男人的脸而且——"

"伊丽莎白,我当时真怕你会这样说。"马普尔小姐说道。

"我当时准备说,"麦吉利卡迪夫人说道,"当然我没见过他的脸。"

"这话会把我整个计划都毁了。"马普尔小姐说,"亲爱的,要知道,他以为你确实认出他来了。我的意思是,他不知道你没见过他的脸。"

"幸亏我当时管住自己的舌头了。"麦吉利卡迪夫人说。

"我当时也没打算让你再说什么了。"马普尔小姐说。

克拉多克突然笑了起来。"你们两个!真是神奇二人组。"他说,"马普尔小姐,下个案子是什么?结局是什么?比如说,艾玛小姐怎么样了?"

"她应该很快就会把坎佩尔忘了,"马普尔小姐说,"我刚才说,如果她父亲死了——我觉得她父亲把自己的身体想得太好了——她应该坐上游轮,出国旅游一圈,就像杰拉尔丁·韦伯那样,肯定会有些好事发生。我希望她能遇上一个比坎佩尔更好的人。"

"那露西·爱斯伯罗呢?也要结婚了?"

"也许吧,"马普尔小姐说,"应该不奇怪。"

"他们几个她会选谁呢?"克拉多克问。

"你不知道?"马普尔小姐问道。

"不知道,"克拉多克说,"你知道?"

"嗯,我觉得我应该是知道的。"马普尔小姐说。

她看着克拉多克,眼神一如既往的机敏。

4.50 from Paddington
Copyright © 1957 Agatha Christie Limited. All rights reserved.
Letter for Chinese Reader, New Star Edition by Mathew Prichard © 2013 Mathew Prichard.
www.agathachristie.com
The Miss Marple icon is a trademark, and AGATHA CHRISTIE, Miss Marple,
Agatha Christie® and the AC Monogram Logo are registered trade marks of Agatha Christie Limited in the UK and elsewhere. All rights reserved.
Published by agreement with ACL.
Simplified Chinese edition copyright: 2022 New Star Press Co., Ltd.

图书在版编目（CIP）数据

命案目睹记／（英）阿加莎·克里斯蒂著；戴竟译．—— 2版．—— 北京：新星出版社，2022.9
ISBN 978-7-5133-5025-9

Ⅰ．①命… Ⅱ．①阿… ②戴… Ⅲ．①长篇小说－英国－现代 Ⅳ．①I561.45

中国版本图书馆CIP数据核字（2022）第152305号

午夜文库
谢刚 主持

命案目睹记

[英] 阿加莎·克里斯蒂 著；戴竟 译

责任编辑：王　欢
统筹编辑：王　欢
责任校对：刘　义
责任印制：李珊珊
封面插图：宣　和
封面设计：周伟伟

出版发行：新星出版社
出　版　人：马汝军
社　　　址：北京市西城区车公庄大街丙3号楼　100044
网　　　址：www.newstarpress.com
电　　　话：010-88310888
传　　　真：010-65270449
法律顾问：北京市岳成律师事务所

读者服务：010-88310811　　service@newstarpress.com
邮购地址：北京市西城区车公庄大街丙3号楼　100044

印　　刷：三河兴达印务有限公司
开　　本：910mm×1230mm　　1/32
印　　张：8.25
字　　数：140千字
版　　次：2022年9月第二版　2022年9月第一次印刷
书　　号：ISBN 978-7-5133-5025-9
定　　价：42.00元

版权专有，侵权必究；如有质量问题，请与印刷厂联系调换。